아빠의
고래

지은이 **장세련**

감골이라 불리는 상주에서 태어났습니다. 창주문학상과 아동문예문학상을 받으면서 더욱 즐겁게 동화를 쓰고 있습니다.

지은 책으로는 장편동화 『종소리를 따라 간 아이』와 창작동화집 『눈사람이 준 선물』, 장애우 이야기 『마음을 열어주는 아름다운 이야기 10』이 있습니다.

jjakkung59@hanmail.net

아빠의 고래

2009년 11월 25일 초판 1쇄 인쇄
2009년 11월 30일 초판 1쇄 발행

지은이 장세련
그린이 류정인
펴낸이 전명희
펴낸곳 연암서가

등록 2007년 10월 8일(제396-2007-00107호)
주소 경기도 고양시 일산동구 장항동 591-15 2층
전화 031-907-3010
팩스 031-932-8785
이메일 yeonamseoga@naver.com
홈페이지 www.yeonambooks.com
ISBN 978-89-94054-02-5 03810

값 8,000원

*이 책은 울산광역시 문예진흥기금을 받아 발간되었습니다.

아빠의 고래

장세련 지음 | 류정인 그림

연암서가

꿈꾸는 어린 친구들에게

어린 친구들아, 안녕? 갑자기 날씨가 추워졌구나. 몸이 저절로 옹송그려지지만 마음은 따뜻하단다. 하루 종일 콘크리트 벽에 둘러싸여 사는 어린 친구들. 해를 보는 시간이 거의 없어 그늘 식물들처럼 사는 것이 안쓰럽지만 그 속에서도 꿈이 자라고 있다는 걸 난 믿거든.

난 산골 소녀였단다. 너희와 같은 나이에 라디오를 들으면서 얼마나 신기했는지 몰라. 고 작은 통 안에 사람이 어떻게 들어갔는지 이해가 되지 않았거든. 그것도 한 사람만 들어 있는 것이 아니었어. 여러 명이 한꺼번에 이야기하는 걸 들으면서 개미만한 사람들이 목소리는 참 크다고 생각했지.

천둥은 어떻게 치는 건지, 번개는 왜 번쩍이는지 무서우면서도 궁금했단다. 하늘에도 천사만 사는 건 아니라는 생각을 한 것도 천둥과

번개가 궁금하던 날부터였어. 그런 날이면 저절로 착해지곤 했어. 하늘에도 나처럼 잘못을 하는 어린이들이 사는 거라고 생각했지. 숙제를 안 했거나 거짓말을 했거나, 그도 아니면 동생과 싸운 누군가가 하느님을 몹시 화나게 한 거라는 생각을 했거든. 그 불똥이 나한테까지 튈까 봐 괜히 마음을 졸이곤 했지.

땅 속에도 분명 우리 같은 사람들이 꼬물거리며 살고 있는 줄 알았어. 지진은 땅 속 사람들이 도저히 울분을 참지 못해서 화를 내는 거라고 여겼거든. 뜨거운 물을 식혀서 버린 것은 그 때문이야. 내가 잘못 버린 뜨거운 물에 땅 속 사람들이 화상이라도 입을까 봐 겁이 났거든. 아버지가 발 씻은 물에 걸레를 빨아 너무 더러워진 물을 버려야 할 때도 몇 번을 망설이곤 했지. 해찰한다고 엄마한테 꾸중을 들으면서도 시궁창에다 찔끔찔끔 쏟아 부었던 생각을 하면서 혼자 웃기도 한단다.

많은 것이 궁금했던 시절이었지. 도시에서 고등학교를 다니던 오빠가 용돈을 아껴서 사다 준 헌 책들은 상상의 나래를 더욱 크게 펼치게 했단다. 대개가 철 지난 학생 잡지나 세계 명작들이었지. 낡은 책들을 많은 형제들이 서로 보려고 싸우곤 했던 기억은 지금도 나를 행복하게 한단다. 산이나 들로 쏘다닐 동생들을 생각하면서 용돈을 아꼈을 오빠의 마음이 내 마음을 부자로 만들어 주었던 거지.

지금도 나는 선물로 받은 책은 꼭꼭 읽는단다. 요즘은 모두가 바빠서 서로를 잊고 사는 경우가 많잖아? 그런데도 그 책을 보내기 위해서 내 이름을 생각했다는 그 마음이 나를 들뜨게 하거든.

어린 친구들아. 이 책 속의 이야기들을 쓰면서 생각한 것은 너희들이란다. 읽어 보고 부디 너희의 눈높이나 마음 깊이를 헤아리지 못했다면 꾸짖어 주길 바랄게. 안 그래도 읽을거리가 넘쳐나는데 또 한 권의 책을 내게 된 것이 미안하긴 하지만 가벼운 마음으로 읽어 주면 좋겠어.

끝으로 어렵사리 책을 엮어 주신 연암서가와 갑작스레 부탁한 삽화를 기꺼이 그려준 제자 류정인에게도 깊은 감사를 전하고 싶어.

샛노란 은행잎이 도르르 구르는 무룡산 자락에서

장세련

차례

아빠의 고래

'봄은 잿빛이다.'

봄날의 일요일 오후, 나경이는 하늘을 올려다보면서 생각했다.

해가 지려는지 어둑해진 데다 황사로 뒤덮인 하늘은 잿빛이었다. 며칠째 낮에도 늘 그런 하늘이었다. 가슴이 답답했다. 기분도 착 가라앉았다.

잿빛 보도블록이 깊이를 알 수 없는 바다 속처럼 아득하게 느껴졌다. 하늘을 봐도 답답하고, 길을 내려다보아도 아득하기만 했다.

"아!"

다시 하늘로 눈길을 주던 나경이는 짧은 탄성을 질렀다.

그 소리가 얼마나 컸던지 제 소리에 저도 놀랐다. 마치 피어나기를 기다리던 꽃잎이 갑자기 터진 것처럼 가슴이 벅찼다.

아파트 담벼락이 푸르게 출렁거렸다.

그 담벼락은 나경이에게 성벽보다 높게 느껴지던 것이었다. 시멘트벽이어서 더 아득하고 높게 느껴지던 담이 온통 바다 빛이었다. 마치 바다를 세워 놓은 듯했다.

나경이는 아파트 아래에 있는 동네에 산다. 재개발 지역으로 묶여 보수공사도 되지 않는 동네다. 그 동네에서도 다 쓰러져 가는 집에 아빠랑 단둘이 세 들어 산다.

"주인 할머니만 아니라면 이런 집에서 어찌 살아? 당장 이사하지……."

아빠는 곧잘 중얼거렸다.

그러나 그 말이 사실이 아니라는 걸 나경이는 안다.

나경이네는 당장 이사할 돈도 없다. 아빠의 말이 허세라는 걸 작년에 안 것이다. 나경이네는 정부보조금으로 살고 있었다. 그 사실을 안 나경이는 친구들과도 거리감을 갖게 되었다.

주인 할머니는 마음씨가 좋았다. 나경이네를 가족처럼 생각했다. 큰 빨래도 해주고, 반찬도 자주 챙겨 주었다. 나경이는 할머니가 고마웠지만 그 집에서는 빨리 벗어나고 싶었다.

"아빠! 우리 이사 가."

　나경이가 이렇게 말한 적도 있었다.

　아빠의 그림 도구들로 단칸방이 난장판이었을 때 두어 번 해본 말이었다. 어떤 때는 발 디딜 틈도 없었다. 아빠는 그 구석에서 수염이 텁수룩한 모습으로 잘도 잤다. 낮에도 자고 밤에도 잤다.

　이런 나경이에게 아파트의 담은 마음의 자로 재기에도 너무 높았다. 그 때문에 일주일 동안 한 번도 지나치지 않았던 길이었다.

　'누가 그린 거지?'

그곳에는 거북이, 호랑이, 멧돼지, 사슴들이 살아서 움직이고 있었다. 그뿐이 아니었다. 고래들이 떼를 지어 모여 있었다. 그 고래들은 금방이라도 세워놓은 바다 위로 솟구치려는 듯 건강한 모습이었다. 싱싱한 색채들이 가슴을 푸르게 물들였다.

그림들이 무척 낯익었다. 어디선가 자주 본 것들이었다. 낯이 익어 더욱 반가웠다.

"맞아! 아빠의 그림에서 본 것들이야!"

나경이는 숨을 크게 들이쉬었다.

가슴이 후련했다. 조금 전에 빠져 나온 고샅길을 돌아보았다. 고불고불 좁다란 고샅길이 건강한 피가 흐르는 핏줄처럼 살아 움직이는 느낌이었다.

하늘이나 길을 보던 조금 전과 달리 가슴이 물빛으로 투명해졌다.

아빠가 보고 싶었다. 조금 전에 화를 내고 집을 나온 것이 후회되었다. 창고 안에는 아빠가 그린 그림이 셀 수도 없이 많았다. 거의가 멧돼지, 사슴, 호랑이, 거북이 따위의 그림들이었다.

고래는 더 많았다. 새끼를 뱄는지 뚱뚱한 고래, 몸 색깔이 새까만 고래도 있고, 회색인 고래도 있었다. 어떤 고래는 물이끼가 다닥다닥 붙은 바위처럼 희끗희끗한 점이 찍혀 있기도 했다. 물을 시원하게 뿜어대는 고래도 있고 작살이 꽂힌 고래도 있었다.

어떤 그림에는 그런 고래들과 고래를 잡으려는 사람들이 함께 그려져 있기도 했다. 그것들은 여러 장의 종이에 하나씩, 혹은 무리 지어진 모습으로 그려진 채 어두운 창고 속에 갇히곤 했다.

"아빠가 술고래니까 날마다 고래만 그리지?"

언젠가 화가 난 나경이가 혼잣말처럼 중얼거려도 아빠는 아랑곳도 하지 않았다.

나경이는 그림들을 볼 때마다 아빠가 미웠다. 아빠는 며칠씩 집을 비우기도 했다. 그러다가 돌아오는 날은 늘 같은 그림들만 그렸다. 그림이 마음에 들지 않으면 아빠는 술을 마시는 것이 버릇이었다.

그 때문에 나경이는 물을 뿜어대는 고래 그림을 보면서 몸서리를 치기도 했다. 그 고래들은 붓을 들고 있지 않으면 술병을 들고 있는 아빠의 모습을 떠올리게 했다. 더러는 술을 못 이기고 토하는 날도 있었다. 아빠는 술고래였다.

그런 아빠가 보기 싫은 날이 많았다.

조금 전에 아빠에게 앙알거린 것도 술 때문이었다.

"이게 다 뭐야? 뭐 동물 농장 만들 것도 아니고……."

"……."

나경이가 아프게 쏘아붙였지만 아빠는 묵묵부답이었다.

"돈도 안 벌고……."

"……."

"아빠! 귀머거리 됐어!"

"……."

"아빤 왜 일도 안 하세요?"

"……일이라니?"

아빠가 술병을 든 채 물었다.

"다른 집 아빠들처럼 돈도 안 벌잖아요? 정부 보조금이나 받고……, 흐윽!"

앙살스럽게 쏘아붙이려는데 목이 먼저 메었다. 눈물까지 났다.

아빠는 여전히 대답이 없었다. 술만 병째 마셨다.

"아빠가 맨날 술타령만 하니까 엄마가 도망가지!"

"……!"

대답도 없던 아빠의 눈에서 이상한 빛이 뿜어져 나왔다.

이상한 빛을 뿜어내던 아빠의 눈빛이 하도 생생해서 나경이는 생각에서 깨어났다. 어느 새 골목이 어두워져 있었다. 마음이 올랑거렸다. 멀리 있기라도 한 것처럼 아빠가 보고 싶었다.

어둠에게 먹힌 고샅길을 한참 걸었다. 자신이 마치 어두운 밤

하늘을 홀로 여행하는 별같이 느껴졌다. 그렇지만 집을 나올 때와는 다른 마음이었다.

답답하던 마음이 조금은 트이는 것 같았다. 가로등도 많지 않아서 다닥다닥 붙은 채 낮게 웅크린 집들이 추워서 몸을 웅송그린 작은 짐승들 같았다. 다른 날과 달리 그 모습이 정답게 보였다.

집들도 밤이 무서운 모양이구나, 그래서 서로들 저렇게 어깨를 겯고 있으려니, 여겨졌다.

"아빠……."

나경이는 깜짝 놀랐다. 아빠가 앞을 막고 있었다. 가로등을 등지고 있었지만 아빠가 희미하게 웃고 있다는 걸 알 수 있었다.

"이제 더는 부끄럽게 살지 않기로 했다."

아빠가 얇은 책을 내밀었다. 그 책은 시에서 만든 소식지였다.

불빛이 잘 비치는 쪽으로 몇 발짝 옮겼다. 기사 내용이 잘 보였다.

아빠가 펼쳐 준 면에는 「벽화로 더욱 정다워진 거리」라는 글이 실려 있었다. 옆에는 조금 전에 보았던 아파트 담의 사진도 실려 있었다. 그림 아래에 아빠의 사진까지 있었다.

기사 내용은 울산광역시 울주군 언양읍 대곡리에 있는 반구대 암각화에 대한 소개로 시작되었다.

반구대란 거북이가 걸어 나오는 형상의 바위여서 붙여진 이름이다. 반구대의 넓적한 바위에는 선사시대를 살았던 우리 조상들이 새긴 그림들이 뚜렷하게 남아 있다.

지금은 댐이 만들어져 물이 차면 잠기는 암각화는 국보 285호다. 1971년 12월에야 세상에 알려졌지만, 암각화는 단번에 선사시대와 현대를 잇는 역사의 다리가 되기에 충분했다. 암각화로 남은 225점의 형상들은 우리 조상이 살아온 모습을 고스란히 일러 주고 있다.

반구대 암각화 소개에 이어 그것을 그림으로 살려낸 아빠의 이야기도 소개되어 있었다. '국선에 입선을 하면서 화려하게 출발한 천재 화가' 라는 수식어가 붙은 아빠의 기사는 아빠의 용기에 대한 찬사와, 노력에 대한 격려의 내용이었다. 일반인들이 쉽게 이해하기 힘든 암각화를 누구나 알기 쉽도록 새로운 색으로 나타낸 것에 대한 아빠의 인터뷰도 있었다.

동물들과 더불어 살았던 사람들, 정해진 법이 없이도 지킬 것을 지키는 본성을 가진 동물들, 바위에 새겨진 그림들은 이런 사람들과 동물들이 서로 어울린 모습이었다. 반구대 암각화는 발

전과 번영을 외치며 자연의 질서까지 허물어 버리는 현대인들을 말없이 꾸짖고 있다는 것이다.

반구대 암각화는 국보지만 아는 사람이 많지 않다. 울산에 사는 사람들도 모르는 사람이 많다. 더러는 희미해서 일아 볼 수도 없는 형상도 있는데 그것들을 아빠가 색을 입혀서 살려낸 것이다.

"들어가렴, 춥다."

"······."

나경이는 대답 대신 아빠에게 가만히 안겼다.

"집에 가면 더 좋은 일이 있을 게다."

입김을 따라 나온 아빠의 말이 따뜻하게 들렸다.

아빠의 품속이 고래 뱃속처럼 넓게 느껴졌다. 자신이 마치 꿈꾸는 고래라도 된 듯 편안했다.

아빠에게 안긴 채 눈을 감았다. 나경이의 귀에 아득하게 파도 소리가 들렸다. 파도 소리 속에는 그리운 엄마의 목소리도 섞여 있었다.

느티바위 이야기

큰 절을 오르는 산기슭입니다. 절을 찾는 사람들이 드문 봄날
입니다. 사방은 조용합니다.

"저리 좀 비켜!"

갓 태어난 느티나무가 바위에게 짜증을 냅니다.

순한 바람과 보드라운 흙냄새에 취해서 느티나무는 한참을 잔
끝입니다. 그런데 이게 웬일입니까? 기지개를 켜려고 뿌리를 뻗
던 느티나무 앞에 단단한 바위가 떡 하니 버티고 있는 것입니다.

"뭐라구? 남의 자리를 차지하려면 좀 공손해야지."

바위도 지지 않습니다.

그 자리는 오래 전부터 바위의 자리였습니다. 바위가 얼마나 오
랜 세월 동안 한 자리를 지켜 왔는지를 아는 이가 숲 속에는 없습

니다. 바위 스스로도 알 수 없을 정도로 기억이 가물가물합니다.

바위가 알고 있는 건 숲에는 자신보다 오래 산 이가 아무도 없다는 것입니다. 다만 가끔 뼈까지 으스러질 정도로 세찬 비바람과 천둥, 번개를 수도 없이 만났다는 생각이 날 때마다 몸서리가 쳐질 뿐입니다.

그렇게 오랜 세월 지켜 온 자리입니다. 어디서 나타났는지도 모를 어린 나무 따위가 그런 자리를 내놓으라는 것입니다. 어린 느티나무의 발길질에 바위는 콧방귀만 뀔 뿐입니다.

"남의 길을 가로막는 것이 그럼 잘 하는 짓이라는 거니?"

"누가 먼저인지를 생각해야지. 한 자리에서 살아 온 세월을 알 수도 없을 정도인 터줏대감한테 인사는커녕 감히 비키라고 큰 소리라니……."

"뭐야? 그래도 길은 틔워 놔야지."

"네가 돌아서 가렴. 지금까지 아무도 너처럼 길을 비키라고는 하지 않았어."

느티나무와 바위의 다툼이 이어집니다.

느티나무는 몸을 흔들며 앙칼지게 속내를 드러냅니다. 바위는 우렁우렁하지만 낮은 울림으로 대꾸를 합니다.

"혼자만 살겠다는 거지?"

느티나무는 안간힘을 써봅니다. 아무리 단단한 바위라도 뚫을 것처럼 젖 먹던 힘까지 끌어냅니다. 바위는 그런 뿌리의 안간힘이 간지럽기만 합니다.

"풋! 그 녀석 참, '하룻강아지 범 무서운 줄 모른다' 더니 네가 그 짝이구나. 이 연약한 뿌리로 나를 밀어내기라도 하겠다는 거냐?"

바위는 점잖게 나무라듯 묻습니다.

"……!"

느티나무는 대꾸도 하지 않습니다. 바위를 밀어내겠다는 생각으로 낑낑거릴 따름입니다.

느티나무의 안간힘에도 바위는 꿈쩍 하지 않습니다. 표정 없는 얼굴로 속으로만 웃을 뿐입니다. 아직 어린 느티나무의 철없는 안간힘이 가소롭기도 하고 안쓰럽기도 해서입니다.

느티나무는 생각을 바꾸기로 합니다. 아무리 애를 써도 바위는 밀리지 않을 것 같습니다. 그렇다고 연한 뿌리로 바위를 뚫을 수도 없다는 걸 어리지만 느티나무는 깨달은 것입니다.

'두고 봐라.'

느티나무는 속으로 벼릅니다.

좀 멀더라도 돌아가기로 마음을 먹습니다. 바위에 대한 미움이 사라진 건 아닙니다. 바위의 심술에 진 것도 아닙니다.

느티나무는 잔뿌리들을 부지런히 길러냅니다. 물을 머금은 여러 개의 잔뿌리들이 자라기 시작합니다. 느티나무는 잔뿌리들을 바위의 옆과 위로 뻗게 합니다. 아래로도 뻗칩니다. 가는 뿌리들이 바위의 둘레로 뻗자 바위는 간지럽습니다.

'어? 요것 봐라!'

느티나무의 속셈을 알 길 없는 바위가 고개를 갸웃거립니다.

"하하하, 이제야 돌아가기로 마음을 먹은 게로군."

"두고 봐라. 네가 아무리 크고 단단해도 나한테는 못 당할 걸."

"무슨 소리! 결국 포기하고 돌아가기로 한 주제에 큰 소리는……."

"언젠가는 너를 꽁꽁 묶어 버리고 말 테다!"

느티나무의 큰 소리는 여전합니다.

느티나무의 속뜻을 알아챘지만 바위는 여전히 꿈쩍도 하지 않습니다. 느티나무가 가소롭기는 마찬가지입니다. 그 잔뿌리들을 뻗어서 바위를 묶겠다니 어처구니가 없을 따름입니다.

바위 묶기는 결코 쉽지 않습니다. 날마다 낑낑거리는 느티나무의 고생은 이만저만이 아닙니다.

"아얏!"

바위 위로 뻗던 뿌리에 돌멩이가 떨어집니다. 느티나무는 지도 모르게 비명을 지릅니다. 그때마다 잔뿌리들은 숱한 상처를 입곤 합니다.

햇살에 말라죽을 뻔한 적도 한두 번이 아닙니다. 그럴 때는 있는 힘을 다해서 온 몸의 물기를 뿌리로 보냅니다.

바위 아래로 뻗는 뿌리도 힘들기는 마찬가지입니다. 살아가는 일이 얼마나 힘든지를 깨달을 때면 서글퍼집니다. 사람들이 바위에 걸터앉을 때면 끊어질 듯한 아픔에 정신이 가물거릴 정도입니다.

뿌리의 아픔을 속으로 삭이며 해마다 가지도 뻗어야 합니다. 그래야 잎이 많아지고 그늘도 커지기 때문입니다.

"이 그늘 좀 봐."

그러는 사이 사람들의 칭찬이 늘어갑니다. 칭찬에 힘을 얻은 느티나무는 뿌리 키우기를 잠시도 쉴 새가 없습니다.

백 년 가까이 흘러 느티나무는 고목이 되었습니다.

숱한 가지가 아주 보기 좋습니다. 늠름하고 넉넉한 모습은 사람들의 눈길을 저절로 머물게 합니다. 절을 찾는 사람들이 느티나무 아래 돌탑들을 쌓기도 하고, 비손을 하기도 합니다.

사람들은 절까지 가는 동안 지친 몸을 느티나무 아래서 쉬곤 합니다. 쉴 때면 뿌리에 감긴 바위를 신기한 듯 만집니다. 그것은 누구나 하는 행동입니다.

"참, 대단한 나무야."

"그러게. 바위 위로 뿌리를 뻗고도 이처럼 멋지게 자라다니……."

"이 뿌리를 봐요. 온갖 풍상에도 튼튼하게 자란 것이 운동 선수의 팔뚝 같네."

사람들은 바위에 걸터앉아서도 느티나무의 모습만 칭찬합니다.

"이것 좀 풀지 못해!"

잔뜩 심술이 난 바위가 소리를 지릅니다. 우렁우렁한 소리가 느티나무의 몸통을 울립니다.

"나도 어쩔 수 없어."

느티나무는 느긋하게 대꾸합니다. 오랜 세월을 사는 동안 배운 여유가 담긴 대꾸입니다.

여름이 깊어지자 가지와 잎은 더욱 많아집니다. 그 모습은 누가 봐도 멋집니다. 뿌리들은 여전히 바위를 칭칭 감은 채입니다.

그뿐이 아닙니다. 가늘고 잘던 뿌리들은 힘 좋은 장사의 근육처럼 굵고 단단해 보입니다. 질긴 밧줄 같기도 한 뿌리지만, 큰 바위를 감고 있는 모습은 더욱 대단하게 느껴집니다.

"흐음~!"

바위의 심술에 지지 않고 뿌리로 바위를 감은 채 늠름하게 자란 느티나무는 스스로가 대견합니다.

스스로가 대견한 날 밤입니다.

세상을 집어 삼킬 만한 바람이 불어댑니다. 몇십 년 만의 태풍이라고 합니다.

비도 쏟아집니다. 하늘에서 폭포줄기가 쏟아지는 듯합니다.

"비빗! 푸드득!"

놀란 새들의 날갯짓에 두려움이 묻어납니다.

"우지끈! 뚝딱!"

여기저기서 나무들이 부러지는 소리가 들립니다.

사나운 태풍은 온 세상을 사정없이 할퀴어댑니다. 푸르고 고요한 숲이라고 다를 것이 없습니다.

무시무시한 비바람에 숲 속의 고요는 한꺼번에 사라집니다. 세찬 빗줄기에 단단하게 엉겼던 흙들이 쏟아져 내립니다. 산사태라고 합니다. 길이 패이고 산기슭의 나무와 풀들이 모조리 뽑혀 버립니다. 하룻밤 사이에 산은 상처 입은 짐승의 모습이 되고 맙니다.

태풍이 사라진 다음 날 아침, 숲은 다시 고요합니다. 무슨 일이 있었는지는 상처로 남은 산의 모습으로 짐작만 할 뿐입니다.

여기 저기 패인 산기슭을 햇살이 비춰 줍니다. 사납던 태풍에게 살점을 뜯긴 산기슭에는 아무 것도 남은 것이 없습니다. 서로를 단단히 잡고 버틴 느티나무와 바위만이 지키고 있을 뿐입니다.

"바위야, 고마워. 네가 나를 잡아 주지 않았더라면……."

"아니야. 네가 내 몸을 칭칭 감은 채 잡아 주지 않았더라면 나도 흙더미와 함께……."

"네 덕분이야."

"아냐, 네 덕분이야. 그 동안 내가 너무 심술을 부렸지?"

"그래, 맞아! 서로를 잡아 준 덕분이구나."

"정말 고마워!"

태풍이 지나간 산 속에 눈물겨운 속삭임이 들립니다. 그것은 서로를 움켜잡고 버틴 끝에 한 몸이 되어 버린 느티바위의 속삭임입니다.

나뭇잎이 사각거리는 소리도 같고, 작은 바람이 일렁이는 소리 같기도 한 느티바위의 깨달음이 상처 입은 숲에 땅울림으로 스며듭니다. 소리 없는 메아리도 위로처럼 햇살에 섞여 공중으로 흩어집니다.

순대는 사고뭉치

"선생님! 순대 좀 보세요. 으앙!"

주현이가 울음을 터트렸다.

"왜 그래, 또?"

선생님이 순대 쪽을 돌아보며 짜증스럽게 말했다.

주현이는 먹물이 찍힌 노란 남방을 들여다보며 훌쩍거렸다. 순대는 옆에서 어쩔 줄을 모른 채 쩔쩔 매는 표정이었다.

"가만!"

선생님의 목소리는 비명과도 같았다. 쩔쩔 매던 순대가 주현이의 옷을 잡을까 봐 염려가 되어서 한 말이었다.

그러나 순대의 동작은 빨랐다. 순대는 주현이의 옷에 묻은 먹물을 수건으로 문질렀다. 아직 마르지 않은 먹물은 더 번지고 말았다. 노란 옷에 점점이 찍혔던 먹물은 수건과 옷에 고르게 번져 있었다.

"난 몰라. 몰라. 몰라~"

"……."

순대는 더욱 쩔쩔 맸다. 먹물이 묻은 수건을 제 입에 갖다 댄 채 엉거주춤 서 있었다.

"……됐다. 울지마. 금방 빨면 돼."

선생님이 한숨을 쉬었다.

"주현이는 집에 가서 옷 갈아입고 오너라. 울지 말고……. 그래도 집이 학교 옆이라 얼마나 다행이니? 다른 사람들은 옆 사람에게 먹물 튀지 않도록 조심해서 하던 것 마저 해라."

선생님은 주현이를 달래서 보냈다. 시끄럽던 교실이 조금씩 조용해졌다.

순대는 주현이의 짝이다. 그날은 미술 시간이라 먹물로 불기를 하던 중이었다. 순대가 푹, 짜낸 먹물을 너무 세게 불어서 주현이의 옷에 먹물이 튄 것이었다.

선생님은 낮게 한숨을 쉬었다. 순대에게 특별한 문제가 있는 것은 아니었다. 그런데 벌써 몇 번째인가. 4학년이 된 지 겨우 석 달이 지났다. 그 동안 순대의 이런 실수는 한두 번이 아니다. 그러나 어떤 것도 순대의 특별한 잘못은 아니었다. 선생님은 그것이 답답했다.

순대는 워낙 덜렁대는 성격이다. 그런 데다 기운도 세다. 대부분의 실수는 기운이 센 까닭에 생기는 것이었다.

첫 번째 사건은 4학년이 된 열흘 뒤에 생겼다.

"자, 누가 우유 상자 좀 가지고 올래?"

"정순대요!"

아이들이 입을 모아 소리를 질렀다.

"혼자서는 안 돼. 누구 한 사람 더."

"아니에요. 순대는 혼자서도 두 상자는 들어요."

"그래도 안 돼. '백짓장도 마주 들면 낫다'는 속담도 있는데 혼자 들긴 무리다. 용재가 같이 가렴."

선생님의 말에 용재가 순대와 함께 우유 상자를 가지러 갔다.

5분쯤 후에 용재가 헐레벌떡 달려왔다.

"선생님, 큰일 났어요. 순대가 우유 상자를 깼어요."

용재의 말에 선생님과 아이들은 어리둥절했다.

잠시 후 용재를 따라 간 선생님은 어처구니가 없었다. 급식실에서 올라오던 계단 위에 우유가 엎질러져 있었다. 상자를 엎지르는 바람에 몇 개가 터진 것이었다.

흩어진 우유를 급하게 주워 담았는지 깨진 상자 안에 우유가 아무렇게나 들어 있었다.

"어떻게 된 거니?"

"순대가 혼자 들어도 된다고 했어요. 자꾸 어깨에 메고 간다고……."

"그러게 둘이서 들라고 널 보낸 거 아니니? 그리고 정순대! 네가 천사니, 천하장사니? 혼자 할 일이 있고, 같이 해야 할 일이 있는 거야. 밀대 가지고 와라. 닦아야지."

선생님이 터지지 않은 우유 두 개를 더 집어서 깨진 상자 안에 넣으면서 말했다.

청소를 할 때도 순대는 책상을 한꺼번에 뒤로 밀곤 했다.

"야~ 순대는 순대다."

"순대 먹으면 힘이 나나?"

아이들은 순대의 기운을 놀리듯이 말했다. 순대는 이름 때문에 놀림을 받아도 화를 내지 않았다.

지난달에는 오히려 그 말에 신이 난 순대가 선생님의 교탁을 손으로 들었다.

"어, 어?"

아이들이 놀랄 사이도 없이 교탁 안에 있던 컴퓨터 키보드가 교실바닥에 떨어졌다.

"……!"

놀란 아이들은 서로를 쳐다볼 뿐 말이 없었다. 순대도 당황해서 떨어진 것들을 주섬주섬 줍기 시작했다.

키보드의 귀퉁이가 조금 깨지긴 했지만 크게 부서진 것은 없었다. 서랍 속의 물건들도 망가진 것이 없어서 다행이었다. 주현이가 노란 테이프로 깨진 귀퉁이를 붙였을 때 선생님이 왔다.

"교실에 바퀴벌레가 있어서 교탁 밑까지 깨끗이 닦으려고요……."

기막혀 하는 선생님 앞에서 순대는 우물쭈물 대답을 했다.

순대의 말은 사실이었다. 공부 시간에도 바퀴벌레가 기어 다녀서 여학생들이 소리를 지른 적이 있었기 때문이었다.

선생님은 공부 시간에 바퀴벌레 사냥을 하던 순대를 떠올렸다. 아이들이 무서워 하는 바퀴벌레를 잡는다고 순대는 빗자루를 들고 교실을 뛰어다녔다.

"그만! 그만해!"

선생님의 고함에도 멈추지 않던 순대의 바퀴벌레 사냥은 세현

이의 울음 끝에서야 멈추었다. 바퀴벌레가 기어 다니는 교실바
닥을 두드리던 순대의 빗자루에 세현이가 얼굴을 맞은 것이었
다. 세현이의 얼굴이 부어 있었다.

"세현이가 바퀴벌레니? 너 정말 왜 자꾸 이래!"

선생님의 목소리에는 짜증과 울먹임이 뒤섞여 있었다. 그날
일을 떠올린 선생님은 끓어오르는 화를 누그러뜨리고 말았다.

"그래, 알았다. 그렇지만 다음부터는 선생님 책상은 시키지 않
으면 청소하지 마라. 아니 선생님 책상은 선생님이 치울게."

이를 지그시 문 선생님은 흐트러진 교재들을 챙겼다. 한 쪽 손
으로 머리를 짚은 채였다.

큰 사건은 또 있었다. 한 달 전이었다.

"김 선생! 좀 멀리 가서 공놀이를 시키세요."

운동장에서 공차기를 하는데 교장 선생님이 선생님에게 화를
냈다.

어린이날을 기념해서 작은 운동회 준비로 공차기를 하던 중이
었다. 운동장 가운데서 순대가 찬 공이 행정실 창문을 깬 것이었
다. 다른 아이들은커녕 어른이 차도 유리창을 맞히기 어려운 거
리에서 찬 공이었다.

그런데도 아무도 교장 선생님의 꾸중에 변명을 못했다. 아이들도 선생님도 순대가 공을 찬 곳을 알고 있었다. 직접 보았지만 믿도록 설명하기 힘든 거리였다.

그 다음 날도 기가 막힐 일이 있었다.

어머니들이 아이들에게 주려고 준비한 선물이 있었다. 여름에 입을 티셔츠였다. 그것을 주현이 어머니가 나눠 주기로 했다.

"안녕하세요?"

"주현이 반 친구구나? 이것 좀 도와줄래?"

옷가방을 내리던 주현이 어머니가 순대를 반겼다.

"주세요. 혼자 들 수 있어요."

순대는 비닐 옷가방의 손잡이를 잡았다.

"아니야. 무거워. 같이 들자꾸나."

"이 정도는 문제없어요."

순대는 옷가방을 잡아 당겼다. 얇은 옷이었지만 꽤 무거웠다. 무게 때문에 옷가방은 손잡이에서부터 북, 소리를 내며 찢어졌다. 주현이 어머니가 옷가방에서 손도 떼기 전에 순대가 혼자 들겠다고 잡아당긴 것이었다.

"이걸 어째?"

주현이 어머니는 땅에 떨어진 옷들을 주웠다. 잠시 무안해서

서 있던 순대도 거들었다. 한꺼번에 여러 장을 집다 보니 순대가 주운 옷에는 여기저기 흙이 묻어 있었다.

"넌 천사도 천하장사도 아니라고 몇 번이나 말했니? 그 남는 기운을 공부하는 데 좀 쓰면 안 되겠니!"

이야기를 들은 선생님은 순대에게 화를 냈다.

따지고 보면 그리 화낼 일도 아니었다. 그렇지만 번번이 일을 저지르게 되는 순대의 솔선수범이 선생님은 자꾸 화가 났다.

순대는 공부를 잘 하지 못하는 아이였지만 아주 착했다. 기운이 센 데도 아이들을 괴롭힐 줄 몰랐다. 기운이 세면 다른 아이들을 괴롭힐 법도 한데 순대는 아주 착했다. 그래서 처음에는 아이들과 잘 어울렸다.

그러던 아이들이 슬슬 순대를 피하기 시작했다. 피구를 해도 아무도 순대를 끼우고 싶어 하지 않았다. 순대의 공에 맞은 아이는 비명을 지르기 일쑤였다.

조금이라도 힘쓸 일이 생기면,

"순대 시키세요. 순대는 힘이 세잖아요."

하던 아이들도 이제는 그런 말을 잘 하지 않았다.

힘써야 할 일을 순대에게 시켰다가 겪은 곤란한 일은, 아이들이 알고 있는 큰 사건만 해도 몇 가지나 되었다.

순대는 미운 아이가 아니었다. 나쁜 아이는 더욱 아니었다. 마음 씀씀이로는 천사표였다. 결과가 늘 천사표에 악마를 덧씌웠지만 그건 순대의 마음이 아니었다. 아이들도 선생님도 그건 알았다.

그렇지만 왕성한 호기심이 문제였다. 공부와는 관계가 없는 일들, 뭐든지 몸을 움직여서 하는 일에는 늘 앞장서고 싶어 하는 순대였다. 그런 순대였지만 교실에서 일어나는 일에 대한 호기심에서 차츰 따돌림을 당했다.

"뭔데?"

순대는 곧잘 물었다.

"넌 몰라도 돼."

아이들의 대답은 늘 같았다. 마치 그러기로 회의라도 한 것 같았다.

순대의 실수는 조금씩 줄었다. 선생님은 그것이 다행스러웠지만 기쁘지만은 않았다. 아이들이 노는 언저리를 빙빙 도는 순대를 보는 일이 마음 아팠다. 심술이 날 만도 한데 순대는 아이들이 노는 것을 멀거니 보고만 있었다. 부러움이 담긴 눈빛만 간절했다.

순대가 주현이의 옷에 먹물을 튀긴 다음날이었다. 아침부터

교실이 술렁거렸다. 반 전체의 사물함이 다 흐트러져 있었기 때문이었다.

아침에 교실 문을 연 것은 반장인 주현이었다. 교실 열쇠가 있는 곳을 아는 사람은 4학년 2반 아이들과 선생님뿐이었다. 누구든지 먼저 오는 사람이 교실 문을 열게 되어 있었다.

여느 날과 같이 먼저 와서 문을 연 주현이는 깜짝 놀랐다. 반 친구들의 사물함이 모두 흐트러져 있었다. 책상 서랍도 다 뒤적거린 걸 한눈에 알 수 있었다.

선생님이 오자 없어진 물건들이 있나 살폈다. 다행히 물건을 잃은 사람은 아무도 없었다.

"잃은 것이 없으니 다행이다. 이제 서로 조심하고 다른 사람이 탐낼 만한 건 사물함에 넣어두지 마세요."

선생님의 말에 아이들이 한 마디씩 했다.

"선생님, 범인을 잡아야 해요."

"맞아요! 없어진 건 없지만 서로 의심을 해야 하잖아요."

"없어진 것도 없는데 범인은 무슨 범인!"

선생님의 미간이 약간 찌푸려졌다.

"안 돼요. 이번엔 잃은 것이 없지만 또 이런 일이 있을지 모르잖아요."

"쉬는 시간에 가방을 뒤질 수도 있잖아요."

"맞아요. 범인들은 안 들키면 스릴을 느낀대요."

아이들이 저마다 앞으로 있을지도 모를 일을 염려하느라 교실이 시끄러웠다. 선생님이 한숨을 쉬었다.

"너희 의견이 그렇다면 할 수 없구나. 그렇지만 누군지 밝히는 일은 하지 말기다. 대신 선생님은 누군가가 양심선언을 해 줄 거라고 믿는다."

선생님의 표정은 어두웠다.

"모두들 조용히 해라. 지금부터 종이를 내 줄 테니 오늘 아침에 학교에 일찍 와서 친구들의 사물함을 뒤진 사람은 이름 적지 말고 동그라미만 해서 내라. 없어진 물건이 없어 다행이지만 선생님은 마음이 아프다. 선생님이 알고 싶은 건 그런 짓을 한 사람이 아니다. 우리 반의 양심을 알고 싶은 것일 뿐이다. 반드시 동그라미가 나오길 바란다."

선생님은 같은 크기로 자른 종이를 한 장씩 나눠 주었다. 아이들은 서로 눈빛만 주고받았다.

동그라미는 나오지 않았다. 아이들은 다시 떠들었다. 그 동안 마음이 바뀌어서 양심선언을 할 아이가 나올지도 모른다는 것이었다. 아이들의 의견을 존중하는 선생님은 결국 한 번만 더 확인

작업을 하기로 했다.

"방법은 아까와 같다. 그렇지만 이번에 동그라미가 나오지 않으면 모두들 한 대씩 양심의 매를 맞기로 한다. 결과가 나왔는데도 서로를 의심한 우리 모두가 양심의 매를 맞는 것이다. 됐지?"

"예."

아이들의 대답에도 결과는 마찬가지였다. 동그라미는 나오지 않았다.

"선생님은 이 결과가 무척 기쁘다. 양심을 속인 누군가가 있다는 생각은 하지 않는다. 우리 반 친구가 아닌 누가 교실을 뒤지고 나간 모양이다. 그렇지만 약속은 약속이다. 맞을 각오는 돼 있겠지?"

"……."

아무도 대답을 하지 않았다.

"그것 봐라. 책임 못질 약속은 왜 해? 나도 전부를 때리긴 어렵다. 누가 우리 반의 양심을 대표해서 맞을 사람 없니?"

선생님이 굳은 표정으로 교실을 둘러보았다. 아이들은 주위만 흘끗거릴 뿐 잠잠했다. 그때였다.

"내가 맞을 거예요."

"…… !"

교실은 찬물을 끼얹은 것 같았다. 매를 맞겠다며 벌떡 일어선

것은 순대였다.

　"네……네가 왜?"

　"그냥요."

　"나도 그냥 해 본 소리다. 한 사람이 어떻게 그 많은 매를 다
맞아?"

　"다 맞을 수 있어요. 그까짓 40대는 끄떡없어요."

선생님 앞으로 나간 순대는 손바닥을 내밀었다. 선생님과 아이들은 이런 순대의 행동에 할 말을 잃었다.

"난 천사가 아니에요. 착해서 이러는 거라고 생각하지 마세요. 누가 맞아도 맞아야 하는데 우리 반에서는 내가 힘이 제일 세잖아요. 그러니까 나밖에 맞을 사람이 없잖아요."

"……순대야. 그게 아니야……."

"아니에요. 이러다가 집에 갈 시간에 늦어지면 술 먹은 아빠한테 더 많이 맞아요. 빨리 맞고 집에 갈래요!"

순대의 눈에 눈물이 그렁거렸다.

"……."

"빨리 때리세요! 빨리요~."

얼굴까지 벌게진 순대가 선생님을 재촉했다.

"미안하다……이번만은 누구라도 대표로 때린다던 약속 못 지키겠다."

선생님이 순대를 돌려세웠다.

순대의 눈에 그렁그렁 맺혔던 눈물이 소리도 없이 뚝 떨어졌다. 선생님과 아이들의 가슴에서도 뭔지 모를 것이 덜컥, 소리를 내며 내려앉았다.

털실이와 복실이

"이놈의 개들이?"

아빠의 목소리가 들렸습니다. 컴퓨터 게임에 빠져서 정신이 없던 우리는 의자에서 벌떡 일어났습니다.

후다닥 거실로 나갔습니다. 거실에서는 아빠가 털실이와 복실이를 발로 툭툭 차는 시늉을 하고 있었습니다.

"얘들이 왜 개예요?"

내가 털실이를 냉큼 안으며 아빠를 향해 할금거렸습니다.

"뭐라카노? 개가 아니면? 그라믄……, 사람이가?"

"개가 아니고 강아지란 말이에요!"

이번에는 뾰로통해진 수현이가 얼른 복실이를 안았습니다.

"야! 개나 강아지나……. 얼라나 어른이나 다 사람이지!"

"그래도 아이한테 '이 사람이?' 라고는 안 하잖아요!"

"뭐라꼬? 야! 민서현, 민수현. 너거는 그래, 아빠보다 이 개들이 낫다, 그 말이가?"

"……."

우리는 실망한 아빠의 표정에 아무 대꾸도 할 수가 없었습니다.

"아니, 당신은 아직도 내가 좋아, 개가 좋아, 식으로 강아지랑 인기 경쟁중이에요?"

시장에서 돌아오던 엄마가 재미있다는 듯이 웃었습니다.

"에이~ 저놈의 개들. 그냥 두나 봐라."

아빠는 무안해져서 방으로 들어갔습니다. 완전한 패배자가 되어 버린 경상도 사나이의 발뒤꿈치가 유난히 쿵쾅거렸습니다.

털실이와 복실이는 나와 수현이의 강아지입니다. 2주 전 이모가 주신 우리 쌍둥이의 생일 선물입니다. 그 때까지도 우리는 아빠가 강아지를 그처럼 싫어하는 줄은 몰랐습니다.

"처제 이기 뭐교?"

"서현이랑 수현이 생일 선물이에요."

이모가 보자기로 싼 바구니를 풀었습니다. 그 속에는 하얀 털이 깨끗해 보이는 강아지 두 마리가 들어 있었습니다.

"우와! 강아지다."

"이모! 왜 이렇게 예뻐? 이름이 뭐예요?"

수현이와 나는 얼른 한 마리씩 안았습니다.

강아지는 아주 작았습니다. 아빠 주먹보다 조금 더 큰 듯했습니다.

"엄청 순한가 봐. 겁도 안 내네."

엄마가 내 품에 안긴 강아지를 살살 쓰다듬었습니다.

"순해도 개는 개지."

"깨끗한 걸 좋아하고 아주 명랑한 성격이래. 우리 쌍둥이 공주들이랑 비슷하지? 언니."

이모의 설명에 중얼거림 같은 아빠의 혼잣말은 묻혀 버렸습니다.

아빠는 떨떠름한 표정이었습니다. 그렇지만 대놓고 티를 내지는 않았습니다. 좋아서 어쩔 줄 모르는 우리의 기분을 망치고 싶지 않은 듯했습니다.

그런 아빠를 보지 못한 채 이모도 수현이의 품에 안긴 강아지를 쓰다듬었습니다.

"이모는? 이름이 뭐냐니까?"

내가 이모의 팔을 흔들었습니다.

"이름은 너희들이 지어야지. 그리고 말티즈는 칭찬 받는 거 좋아하니까 대소변 가릴 때 칭찬해 주면 빨리 가린단다."

"맞다! 우리 거니까 이름도 우리가 지어야지."

"뭐라고 지을까?"

수현이와 나는 강아지 이름 짓기에 골몰했습니다.

해피, 쫑, 라이, 테리 등 많이 들어보았던 이름들만 떠올랐습니다. 부르기 쉽고 예쁜 이름은 이미 흔하게 되어 버렸습니다.

"강아지 인형도 아이고……. 살아 있는 개가 생일 선물이라카이 웃긴다, 참내!"

강아지가 못마땅한 아빠가 이번에는 좀 큰소리로 투덜거렸습니다.

"어머! 언니. 형부는 강아지를 싫어하나 봐."

"사실은, 싫어한다기보다 겁내는 거야. 어릴 때 개한테 두 번이나 물렸단다."

목소리를 낮춘 엄마가 장난스럽게 웃으며 아빠를 흘겨보았습니다.

"설마? 이런 강아지를 겁내실까."

이모도 재미있다는 듯 깔깔 웃었습니다.

"겁은 무슨! 개는 개답게 키워야지, 사람이랑 같이 뒹굴게 하

는 건 개를 모독하는 거다.”

아빠는 아무것도 묻지 않은 바지를 털면서 일어났습니다.

“엄마. 얘들 이름을 뭐라고 짓지? 차라리 똘똘이로 할까? 똘똘하게 생겼는데.”

아빠의 반응에는 아랑곳도 없이 수현이가 강아지를 들어 보였습니다.

“똘똘하긴 뭐가 똘똘하노? 내 보기엔 털만 북실북실한 게 멍청

해 보이는구만! 저 새까만 코는 또 뭐꼬? 못되게 생겨먹은 게 반질거리기도 한다. 그나저나 큰일났다. 아무 데나 똥을 찍찍 싸갈길 낀데. 온 집안에 개털 날리는 건 우짜고……."

온통 강아지에게 쏠린 우리들의 관심에 아빠가 쐐기를 박았습니다. 그리고는 아주 못마땅하다는 듯 안방으로 들어갔습니다.

나는 아빠를 이해할 수 없었습니다. 어릴 때 개한테 두 번 물렸다는 얘기는 들었지만 이렇게 작고 예쁜 강아지까지 그렇게 싫어할 줄은 몰랐습니다. 슬그머니 화도 났습니다.

"말티즈는 털은 많아도 털갈이를 안 해서 잘 안 빠져요! 개털 걱정은 하지 마세요!"

"……."

이모가 안방을 향해 큰소리로 말했지만 아빠는 아무 말도 없었습니다.

"그리고요, 서현이, 수현이도 이제 5학년이잖아요. 잘 돌볼 테니 똥 싸갈길 염려도 마세요! 도시 애들한테는 애완동물이 정서적으로 아~주 좋대요, 형부. 그나저나 언니, 형부가 나까지 미워하면 어쩌지?"

이모는 안방 쪽에 대고 크게 말하고는 엄마를 향해 낮게 속삭였습니다. 안방문은 꼭 닫혀 있었습니다.

"겁나니?"

"으응⋯⋯."

민망해진 이모는 어깨를 크게 한 번 들썩였습니다. 대답과 달리 이모는 겁먹은 표정이 아니었습니다.

"털만 북실거린다고?"

"이 코가 왜 못되게 생겨먹었어?"

수현이와 나는 강아지를 마주 대고 아빠의 말을 곱씹었습니다.

"수현아! 좋은 생각이 났어. 얘들 이름 말이야."

"뭔데?"

"아빠가 한 말에서 힌트를 얻었어. 우리말 이름 어때?"

"⋯⋯?"

수현이는 고개만 갸웃거렸습니다. 엄마와 이모도 내 눈만 들여다보았습니다.

"털만 북실거리니까 '털실이', 코가 못됐다고 했으니까 '코실이'. 어때?"

"그래. 괜찮다. 특이한 이름이라 좋다."

엄마가 웃었습니다.

"이제부터 얘는 털실이야. 이 털 좀 봐. 보들보들한 게 솜털 같애. 털실아."

내가 털실이를 조심스럽게 쓰다듬었습니다. 새카맣게 반짝거리는 눈이 잘 익은 버찌열매 같았습니다. 아주 귀엽고 착한 눈이었습니다.

"근데 코실이는 싫어. 맨날 코만 질질 흘릴 것 같잖아. 복실이가 좋겠다."

수현이의 강아지는 코실이 대신 복실이가 되었습니다.

털실이와 복실이는 금방 우리 가족이 되었습니다.

대소변도 금방 가렸습니다. 아빠의 비위를 상하게 하지 않으려고 엄마랑 우리가 애를 쓴 덕분이었습니다. 2주일도 지나지 않아서 화장실 문만 열어놓으면 털실이와 복실이의 오물로 집안을 더럽힐 일은 없었습니다.

"아유~ 이뻐라."

지난 일요일, 화장실에서 똥을 누고 나온 복실이는 수현이에게 엉덩이를 내밀었습니다.

수현이는 복실이의 엉덩이를 씻어 주었습니다. 깨끗한 걸 좋아하는 말티즈답게 복실이는 수현이의 옆구리에 코를 비벼댔습니다.

"저마이 좋을까? 꼴에 씻는 건 아는갑네."

아빠가 무심한 듯 수현이와 복실이를 흘겨보았습니다.

그 동안 털실이와 복실이를 거들떠보지도 않던 아빠였습니다. 그러거나 말거나 털실이와 복실이는 아빠가 퇴근을 할 때면 현관으로 가장 먼저 달려갔습니다. 우리 가족 중 누구보다도 먼저 아빠를 반겼습니다.

그렇지만 발길질 위협이 무서워서 매달리지는 않았습니다. 쫄랑거리면서 아빠의 주위를 빙글빙글 돌곤 할 뿐이었습니다. 그런 아빠가 복실이의 행동에 관심을 보인 것이 우리는 놀라웠습니다. 속으로 기뻤습니다.

"아빠, 복실이는 저보다 더 깔끔한 성격이에요."

"성격 좋아하네. 개도 성격 있나? 개한테는 성격이 아이라 성질이라 카는 기다."

아빠는 고개를 휙 돌렸습니다. 자신도 모르는 사이에 보인 강아지에 대한 관심을 들킨 것이 머쓱한 것 같았습니다.

기분이 언짢거나 멋쩍을 때면 말꼬리 잡기 선수가 되는 아빠가 나는 우스웠습니다. 그럴 때 아빠는 투정부리는 아기 같았습니다.

"그게 그거죠, 뭐."

나는 수현이를 쿡 찔렀습니다. 우리는 마주보며 소리 없이 웃었

습니다. 그리고는 털실이와 복실이를 안고 방으로 들어왔습니다.

　우리가 웃는 것을 눈치 챘는지 요란하게 신문을 접는 소리가
방에까지 들렸습니다.

　2주일이 더 지났습니다. 놀라운 일이 일어났습니다.

　"서수!"

엄마가 우리들의 이름을 함께 불렀습니다.

"이거 늬들이 샀니?"

엄마가 화장실 신발장 앞에 놓인 것을 가리켰습니다. 그것은 애완견 용품들이었습니다. 언뜻 보기에도 사료와 샴푸란 것을 알 수 있었습니다.

"아뇨. 우리가 그런 돈이 어디 있어서……."

"혹시……, 아빠?"

"에이 설마? 아빤 이런 거 누가 선물을 줘도 안 가지고 오실 거다."

"하긴 말도 안 되지. 아빠는 아니야. 선물은커녕 길에 떨어져 있는 것도 털실이나 복실이를 위해서는 주워 오시지도 않을 거야."

수현이와 나는 애견 용품들을 꺼내보며 고개를 갸웃거렸습니다.

"근데 엄마. 이게 어디 있었어요? 아까 학교에서 올 때는 없었는데……."

"신발장 안에 있는 걸 내가 꺼냈지."

그날 저녁이었습니다.

밤이 늦도록 아빠가 퇴근을 하지 않았습니다. 기다리던 엄마는 다음 날 출근을 위해 일찍 잠이 들었습니다.

우리는 신이 났습니다. 아빠나 엄마의 감시 때문에 평일에는 만지기도 힘든 컴퓨터를 켰습니다. 지난번에 하다 만 게임에 접속을 했습니다. 레벨이 올라가는 재미에 시간 가는 줄도 몰랐습니다. 혹시 아빠가 오시면 꾸중이나 듣지 않을까, 조마조마하던 마음도 사라졌을 때였습니다.

딸깍, 현관문을 여는 소리가 들린 것 같았습니다. 털실이와 복실이가 빠르게 움직이느라 따다닥, 발자국 소리를 냈습니다. 아빠가 오신 것입니다.

우리는 서둘러 하던 게임을 정리하느라 정신이 없었습니다. 겨우 컴퓨터 본체가 꺼졌습니다. 아빠를 맞으러 나가려던 우리는 그 자리에 선 채 귀를 쫑긋했습니다.

"오냐. 너거가 처자식보다 낫구나."

"오오오~오."

아빠의 말소리에 이어 털실이와 복실이의 애교 섞인 옹알이가 들렸습니다. 우리는 문을 살짝 열고 빠끔히 내다보았습니다. 아빠는 우리가 보고 있는 걸 아는지 모르는지 털실이와 복실이를 양손으로 쓰다듬었습니다.

"보자. 너거 이름이 머라캤노? 코털이? 복털이? 아이다! 털코캉 복코라캤나? 미안하대이. 이름도 몰라주는 걸 아빠라꼬 잠도 안 자고 기다렸구나. 어구~ 기여븐 것들~."

술이 취하면 사투리가 더욱 심해지는 아빠가 주머니에서 애견 간식을 꺼냈습니다.

우리는 살그머니 방문을 닫고 불을 껐습니다. 침대에 누워 이 불을 뒤집어쓴 채 한참을 키득거렸습니다. 그 사이로 기분이 좋을 때면 가르릉거리는 털실이와 복실이의 숨소리가 들렸습니다.

산으로 간 버들붕어

여름 햇살을 받은 송정 연못이 반짝거렸습니다.

"아이, 눈부셔. 저 햇빛을 따라 가면 무엇이 있을까? 가보고 싶어."

물 위로 자맥질을 하던 버들붕어가 몽롱한 표정으로 중얼거렸습니다.

"쓸데없는 생각은 그만해라. 넌 햇빛을 따라 갈 수 없단다."

연못 위를 한가롭게 날던 물잠자리가 버들붕어 눈알보다 더 큰 눈알을 데굴거리며 속삭였습니다.

"왜 쓸데없는 생각이니?"

"햇살 너머에는 날개를 가진 나도 가 본 적이 없어."

"왜?"

"엄마가 그랬어. 호기심을 갖는 건 좋지만, 너무 헛된 호기심은 자신을 망칠 수도 있대."

물잠자리는 버들붕어의 머리 위를 빙빙 돌았습니다.

그때마다 물잠자리의 가느다란 꼬리가 못물에 닿을 것 같았습니다. 사뿐사뿐 움직이는 가볍고 얇은 날갯짓과 날씬한 몸놀림이 귀족처럼 우아하게 느껴졌습니다.

그뿐이 아니었습니다. 물잠자리의 움직임은 한없이 자유로워보이기까지 했습니다.

버들붕어는 물잠자리가 부러워서 견딜 수가 없었습니다.

'언젠가는 나도 이 연못을 빠져 나가고 말 테야.'

"세상은 아주 위험하단다. 넌 여기서 워낙 안전하게 살아서 무서운 걸 너무 몰라."

버들붕어의 마음을 읽은 물잠자리가 거무스름한 날개를 하늘거렸습니다.

"네가 뭘 안다고 그래? 넌 여기가 얼마나 답답한지 알기나 하니?"

"내가 왜 몰라? 나도 어릴 때는 물속에서만 살았어. 지금 생각하면 그 때가 정말 행복했어."

물잠자리의 굵은 눈이 더욱 투명해졌습니다. 물속이 그리운 눈빛이었지만 버들붕어는 알지 못했습니다.

"흥! 네가 물속에서 살았었다고? 그렇다면 내가 얼마나 갑갑한지는 잘 알겠구나."

버들붕어는 물잠자리의 말을 믿을 수가 없었습니다. 자기를 위로하려는 말로밖에 들리지 않았습니다.

버들붕어에게 그런 위로 따위는 필요가 없었습니다. 햇빛에 반짝이는 물잠자리의 금록색 이마가 얄미웠습니다.

그것을 눈치 챈 물잠자리가 가볍게 짜증을 냈습니다.

"원래 살던 곳이 얼마나 행복한 곳인지를 네가 몰라서 그렇다니까?"

"그건 물잠자리의 말이 맞아. 넌 세상을 너무 몰라."

바다 건너 나라에서 이사를 왔다는 떡붕어가 거들었습니다. 그냥 두면 버들붕어와 물잠자리가 말다툼을 할 것만 같았습니다.

떡붕어는 이사를 올 때 잠시 살았던 어항 이야기를 했습니다. 사방이 유리로 되어 있고, 그 안에는 늘 맑은 물이 고여 있는 곳. 주는 먹이를 받아 먹으며 수초 사이를 헤엄쳤던 이야기를 하면서 떡붕어는 몸서리를 쳤습니다.

배와 자동차로 옮겨질 때마다 흔들리던 어항 안에서 어지러웠던 기억을 떠올리면 지금도 머리가 뱅뱅 돌 지경입니다.

"물은 맑았지만 얼마나 갑갑했는지 몰라. 난 지금이 아주 행복해."

"이 더러운 물속이 좋다는 말이니?"

떡붕어가 지느러미를 흔들며 진저리를 쳤지만 버들붕어에게는 부러움일 뿐이었습니다.

갇혀서 살더라도 더러운 송정 연못만은 벗어나고 싶었습니다.

"여긴 먹이도 풍부하고 우리가 아기를 낳아 기르기에도 아주 평화로운 곳이야. 얼마나 아늑하고 조용하니? 난 이젠 여기가 고향 같아."

떡붕어가 달랬지만 버들붕어는 귀담아 듣지 않았습니다.

버들붕어에게 송정 연못은 너무 좁았습니다. 두 해를 사는 동안 물속 어느 곳이든지 가보지 않은 데가 없었습니다. 어느 구석에는 어떤 풀들이 자라고, 언제쯤이면 참붕어네 가족이 늘어나는지도 잘 알았습니다.

버들붕어는 더 이상 궁금할 것이 없는 송정 연못을 벗어나고 싶다는 생각뿐이었습니다. 이런 좁고 더러운 연못에서 사느니 차라리 주는 먹이를 먹으면서 어항에서 사는 것이 나을 것 같았습니다.

버들붕어는 날마다 바깥세상으로 나갈 궁리를 했습니다. 그래서 낮이나 밤이나 물 위에서 지냈습니다.

"너 그러다가 위험해진다. 혹시 새들의 먹이가 될 수도 있어."

피라미도 말렸습니다.

피라미는 강에서 살던 때의 이야기를 해주었습니다.

"강에서 살 때는 날마다 가슴을 졸였어. 물새의 큰 날개 그늘이 물에 비칠 때면 이리저리 피하느라 피곤한 날들이었지."

피라미는 그러다가 지난해 봄에 한 아이의 그물에 잡혔습니다. 아이는 피라미를 친구들과 함께 물병에 담았습니다. 아이는 부처님 오신 날에 피라미와 친구들을 송정 연못에 놓아 주었습니다.

처음에는 연못물이 더러워서 숨이 막혀 죽을 것만 같았습니다. 산새소리에도 가슴을 콩닥거려야 했습니다. 물새에게 잡혀 먹힐 뻔했던 아찔한 기억 때문이었습니다.

나비나 잠자리의 날갯짓조차 무서웠습니다. 그러나 곧 깨달았습니다. 송정 연못은 안전한 세상이었습니다. 강은 넓었지만 물새의 공격에 날마다 가슴 졸였던 피라미에게 송정 연못은 날마다 낙원이었습니다.

"말도 안 되는 소리 하지 마. 난 언젠가는 이곳을 벗어나 하늘을 날고 말 거야."

피라미의 충고에도 버들붕어는 끝내 고집을 부렸습니다.

버들붕어는 속이 상했습니다. 밤이 되면 송정 연못의 물고기들은 물밑으로 가서 쉬었습니다. 떡붕어는 물풀 사이에서 잠을 청하고 각시붕어도 알을 낳기에 바빴습니다. 물고기들의 알 낳기로 송정 연못은 밤에도 물이 철푸덕거리기 일쑤였습니다.

"고생했어."

한 무더기의 알을 낳고 지친 각시붕어를 떡붕어가 위로했습니다.

알 낳기에 시달린 각시붕어는 입만 뻥긋거렸습니다. 온 몸의 힘을 잃고 붕어마름의 부드러운 그늘에 몸을 뉘인 채 꼼짝을 하지 않았습니다. 그렇게 사흘을 죽은 듯 쉬는 각시붕어가 불쌍하기까지 했습니다.

버들붕어는 때가 되면 알을 낳고, 그 알들이 부화를 하여 새 식구들이 늘어나는 데만 보람을 느끼며 사는 친구들이 싫었습니다. 너무 보잘것없이 사는 모습이 한심했습니다. 더구나 새끼들에게 자신을 비끄러맨 듯 평생을 산다는 것은 더욱 못마땅했습니다.

호기심도 모르고 사는 친구들이 너무 답답했습니다. 좁은 연못에서 헤엄이나 치면서 사는 물고기들이 아주 한심하다고 속으로 흉을 보기도 했습니다.

"나는 나를 위해서만 살 거야!"

버들붕어는 외쳤습니다. 자신은 잊고 사는 친구들만 사는 송정 연못이 싫을 때면 하는 다짐입니다.

그러는 동안 송정 연못에 겨울이 찾아들었습니다. 버들붕어에게 세상이야기도 들려주고, 투정을 받아 주며 달래 주던 물잠자리도 어디론가 가버렸습니다. 얼어 버린 연못물이 원망스러운 버들붕어는 더욱 외로웠습니다.

긴 겨울이 지났습니다. 송정 연못을 감싸고 있는 산에 봄기운이 번지기 시작했습니다. 꽃샘추위로 아직은 쌀쌀한 날씨였지만 햇살은 조금씩 따뜻해졌습니다. 물도 따라서 조금씩 따뜻해졌습니다.

"봄이 오려나 보다."

"우리도 식구 늘리기로 이제 곧 바빠지겠군."

못물 위로 쏟아지는 햇살이 한결 부드러워진 것을 느낀 각시붕어와 떡붕어가 한마디씩 했습니다.

날씨가 풀리면서 물이 따뜻해지면 많은 아기들이 태어날 것이라는 기대로 연못은 조금씩 분주해졌습니다. 이런 준비로 모두가 나른한 기분에 젖어들었습니다.

친구들은 밤이면 다시 물밑으로 숨어들었습니다. 그렇지만 버들붕어만은 밤에도 물 위를 기웃거렸습니다. 알 낳기도 부질없이 생각되었습니다. 오직 물 밖으로 나가겠다는 생각뿐이었습니다.

"온 겨울 동안을 저렇게 물 밖만 바라보고 있으니……."

"해가 바뀌면 좀 나아지겠지. 흐이유~"

피라미가 버들붕어를 걱정하는 떡붕어를 향해 한숨을 쉬었습니다.

그때였습니다.

"타다닥, 투다탁!"

산 쪽에서 이상한 소리가 들렸습니다.

놀란 친구들은 모두 물밑의 녹색말과 붕어마름 속으로 몸을 숨겼습니다. 친구들이 숨느라고 조용하던 못물이 출렁거릴 정도였습니다.

버들붕어도 눈이 더 커졌습니다. 그렇지만 몸을 숨기고 싶지는 않았습니다.

못물 위로 눈만 빠끔히 내 놓은 버들붕어는 깜짝 놀랐습니다. 온 산이 단풍이 든 것처럼 붉었습니다. 산불이 난 것입니다. 타닥거리며 나무 타는 소리가 산이 우는 소리 같았습니다.

"무슨 일이지?"

사람들의 발걸음도 잦아졌습니다. 물밑으로 숨은 친구들은 아예 꼼짝도 하지 않았습니다. 맛있는 떡밥을 가지고 와서 유혹하는 낚시꾼들일지도 모른다는 생각 때문이었습니다.

"불이 났대."

"또 불이야?"

"어떡해? 이 건조한 계절에 웬 산불이람."

와글거리는 소리들로 송정 연못 주변은 더욱 시끄러웠습니다.

"타타타……."

시끄러운 것은 하늘도 마찬가지였습니다.

버들붕어는 소리가 나는 하늘을 쳐다보았습니다. 무섭도록 시끄러운 소리는 아주 커다란 잠자리처럼 생긴 헬리콥터가 내는 소리였습니다.

그렇지만 헬리콥터는 물잠자리와는 비교도 할 수 없을 정도로 컸습니다. 어마어마하게 큰 헬리콥터는 연못 위를 한 바퀴 돌기 시작했습니다. 헬리콥터가 지나가는 곳은 나무가 휘청거리고 풀들이 누웠다 일어날 정도였습니다.

못 주변을 한 바퀴 돌다가 다시 돌아온 헬리콥터는 연못을 향해 내려앉을 듯했습니다.

"철푸덕!"

헬리콥터는 배 밑에 달린 빨간 자루를 연못에 던졌습니다.

버들붕어는 깜짝 놀랐습니다. 자신의 몸이 마구 휘청거렸기 때문입니다. 어떤 힘이 자신을 마구 빨아들이는 것 같았습니다.

애써 정신을 차려서 물밑으로 숨었습니다. 못물은 금세 조용해졌습니다. 버들붕어는 가까스로 정신을 차렸습니다.

"타타타타타……."

헬리콥터의 날갯짓 소리가 멀어졌습니다.

버들붕어는 조심스럽게 고개를 물 밖으로 내밀었습니다. 헬리콥터가 빨간 자루를 늘어뜨리고 불붙은 산을 향해 날아가는 것이 보였습니다.

"아!"

버들붕어는 알았습니다. 헬리콥터의 배에 묶인 빨간 자루에 담긴 것은 못물이었습니다.

헬리콥터는 금방 다시 돌아왔습니다.

'그래! 저걸 타고 가는 거야.'

버들붕어는 가슴이 벅차서 속으로 외쳤습니다. 이번에는 반드시 빨간 자루 속에 들어갈 것이라고 다짐을 했습니다.

눈을 빛내는 사이 빨간 자루가 다시 물에 잠겼습니다.

"이때다!"

빨간 자루가 물을 들이킬 때 버들붕어도 얼른 자루 속으로 들어갔습니다.

"타타타타……."

헬리콥터는 빨간 자루를 졸라맨 뒤 하늘로 솟아올랐습니다.

"야! 난다! 날아!"

버들붕어는 있는 힘껏 소리를 질렀습니다. 연못을 벗어난 것이 몹시 기뻤습니다. 빨간 자루 안에서는 밖이 보이지 않았지만 답답하지 않았습니다. 갑갑한 연못을 빠져나왔다는 것만 가슴 벅차도록 기뻤습니다.

버들붕어는 곧 바깥을 보게 되었습니다. 헬리콥터가 빨간 자루를 풀어헤쳤기 때문입니다. 그곳은 쌀쌀한 날씨에 걸맞지 않게 아주 뜨거운 기운이 느껴지는 곳이었습니다. 밑에서는 연기와 불길이 마구 치솟고 있었습니다.

버들붕어는 때 아니게 뜨뜻한 느낌에 조금 겁이 났습니다.

잠시 후 풀려진 자루에서 물이 쏟아졌습니다. 물이 먼지처럼 퍼지며 불길 위로 뿌려졌습니다. 버들붕어도 불길 위로 떨어졌습니다. 아찔했습니다.

"이게 아닌데……."

뜨거운 불길 속으로 떨어지며 버들붕어가 중얼거렸습니다.

아주 짧은 순간 송정 연못의 모습이 떠올랐습니다. 친구들의 충고가 새록새록 살아났지만 때는 늦었습니다.

버들붕어는 감기지 않는 눈이 원망스러웠습니다. 물풀 사이를 헤엄치며 맛있는 지렁이와 작은 풀벌레들을 잡아먹는 친구들의 평화로운 모습만이 눈앞에 아른거렸습니다.

얼룩무늬 군복 아저씨

일요일 아침 산길은 정다웠다. 새벽잠의 유혹을 떨치고 아빠를 따라 나서기를 잘했다는 생각이 들었다.

산책을 끝내고 오솔길을 걸어서 내려오는 중이었다.

막 떠오르기 시작한 해님이 뿌리는 빛살은 깨끗했다. 우거진 솔숲 사이로 쏟아져 내리는 햇빛은 더욱 반가웠다. 부신 눈을 가물거리는 내 코끝이 싸했다.

"아빠, 이게 무슨 냄새야?"

향긋한 것 같기도 하고 싸한 것 같기도 한 냄새에 나는 코를 킁킁거렸다. 막혔던 코가 시원하게 뚫리는 것 같았다.

"아카시아 꽃냄새지."

"아카시아 꽃?"

"저 봐라, 나현아. 온 산이 하얗게 눈 쌓인 것 같지."

아빠가 숲 사이를 가리켰다.

"우와!"

나는 탄성을 질렀다.

아빠의 말은 사실이었다. 키가 훌쩍 자란 아카시아 나무들은 저마다 하얗게 조롱거리는 꽃들을 매달고 있었다. 멀리 보이는 나무들은 마치 눈을 뒤집어 쓴 것처럼 보였다.

이제 막 피기 시작하는 꽃들이 풍기는 향기로 산길은 더욱 정다웠다.

나는 다시 한 번 숨을 크게 들이쉬었다. 기분이 좋아졌다. 눈을 감고 다시 심호흡을 했다. 꽃냄새가 더 진한 것 같았다.

아빠와 나의 발소리 사이로 바스락거리는 소리가 끼어들었다. 눈을 떴다. 다람쥐였다. 몸집의 두 배도 넘을 것 같은 꼬리를 가진 다람쥐가 떨어진 갈잎 위에 앉아 있었다. 까만 눈에는 호기심이 가득했다.

"이리 와."

내가 손짓을 했다. 다람쥐는 조금 뒤로 물러났다.

"이리 와. 이거 줄게."

나는 비스킷을 내밀었다.

다람쥐는 눈을 빠르게 깜빡거렸다. 그러더니 후다닥, 도망을 쳤다. 나는 다람쥐가 쏜살같이 달아난 길만 바라보았다.

"나현이가 무서웠나 보다."

"칫! 내가 어쨌다고……."

아빠의 말에 나는 샐쭉해졌다.

그때였다. 다람쥐가 달아난 뒤쪽에서 제법 부스럭거리는 소리가 들렸다. 아빠가 있었지만 흠칫, 놀랐다.

숲속에서 나타난 것은 얼룩무늬 군복을 입은 아저씨였다. 군복은 입었지만 머리가 긴 것으로 보아 군인은 아닌 듯했다.

등에는 꽤 큰 배낭이 매달려 있었다. 보기에 홀쭉한 것이 빈 배낭인 듯했다.

"아빠, 무서워."

나는 아빠의 등 뒤로 몸을 숨겼다.

보기만 해도 겁이 났다. 군복과 큰 배낭 때문에 무서운 것은 아니었다. 손에 든 각목 때문이었다. 각목은 매끈하게 잘 깎여 있었고 아주 굵었다. 넓은 쪽 폭이 컴퓨터 자판만 했다. 가는 쪽은 걸상의 다리만한 것이었다. 각목이 어디서 났으며, 무엇에 쓸 것인지는 알 수 없었다.

그렇지만 그렇게나 굵은 각목을 든 아저씨가 숲에서 나타났다는 사실이 무서웠다. 아저씨는 각목을 툭툭, 짚으며 걸었다. 그다지 무거워 보이는 기색이 없었다. 각목을 들고도 가볍게 걷는 것만 봐도 아저씨의 힘이 짐작되었다. 나는 오금이 저렸다.

힐끗 쳐다보는 아저씨와 눈이 마주쳤다. 눈매가 날카로웠다.

엉거주춤 선 아빠의 등 뒤에 숨은 나는 하마터면 오줌을 지릴 뻔했다. 허벅지에 저절로 힘이 들어갔다. 5학년이나 되도록 산에서 오줌을 싼 기억을 가진 여자애가 되고 싶지는 않았다.

얼룩무늬 군복 아저씨는 우리 앞을 지나갔다. 우리가 방금 내려 온 산 쪽으로 가려는 것 같았다. 아저씨는 발걸음이 꽤 빨랐다. 군복 차림 때문일까. 말로만 듣던 간첩 같다는 생각을 했다. 머릿속에는 무섭다는 생각 외에는 아무 생각도 들어 있지 않았다.

다리에 힘이 풀리면서 손에 든 비스킷을 통째로 떨어뜨리고 말았다. 땅에 떨어진 비스킷들을 주울 생각도 할 수가 없었다.

"아빠, 가, 간첩 아닐까요?"

"가자."

아빠가 내 말에는 아랑곳없이 낮고 짧게 말했다. 기분 좋은 목소리는 아니었다.

"……."

"……."

아빠도 나도 말없이 걷기만 했다.

"뭐 하는 사람이지?"

"간첩 같아요."

나는 아빠가 아저씨의 정체를 모르는 것 같아서 다시 속삭였다.

"좀 이상한 사람 같긴 한데 간첩은 아냐. 간첩이 일요일 아침에 군복 차림으로 나 잡아 가시오, 하고 각목까지 들고 나타날 리가 없지."

"……."

고개를 갸웃거리는 아빠의 눈에 뭔가 미심쩍은 마음이 담겼다.

약수터까지 내려왔다.

"여기서 조금만 기다려. 지혜아빠랑 두 게임만 치고 가자."

아빠는 물을 받아놓고 테니스장으로 들어갔다.

아빠가 지혜아빠랑 테니스를 치는 사이 나는 약수터 옆에 있는 의자에 앉아서 아빠의 핸드폰으로 게임을 즐기고 있었다.

게임을 즐기는 사이사이 아빠랑 눈을 맞추기도 했다.

"우와! 아빠 파이팅!"

아빠가 공을 멋지게 받아 넘기자 지혜아빠는 공을 놓쳤다. 바닥에서 튄 공은 테니스장에 쳐 놓은 그물망에 맞고 다시 떨어졌다.

한 세트가 끝난 것 같았다. 아빠랑 지혜아빠가 자리를 바꾸었다. 자리를 바꾸면서 아빠가 나를 향해 주먹을 쥔 오른 팔을 두 번 가볍게 흔들었다. 아빠가 이기고 있다는 표시였다.

"화이팅!"

나도 주먹 쥔 손을 위로 두 번 올렸다. 내가 이기기라도 하는 것처럼 신이 났다. 지나가던 어른들이 나를 보고 웃었다.

"우리 아빠예요."

조금 민망해진 내가 아빠를 가리켰다. 서너 명의 어른들이 지나가면서 아카시아 꽃냄새를 풍기고 갔다. 곧 이어 바람이 한 줄기 지나가면서 다시 꽃냄새를 사방에 흩뿌렸다.

핸드폰으로 즐기는 게임보다 아빠의 경기를 보는 것이 더 재미있었다.

두 세트도 거의 끝나가고 있는 듯했다. 이번에도 아빠가 이기는 것 같았다. 괜히 즐거워져서 가볍게 발장난을 하다가 나도 모르는 사이 산 쪽으로 눈길이 갔다.

"……!"

하마터면 소리를 지를 뻔했다.

산을 내려오다가 보았던 얼룩무늬 군복 아저씨가 성큼성큼 내려오고 있었다. 손에는 여전히 굵은 각목이 들려 있었다. 조금 달라진 것이라면 처음 보았을 때보다 차림새가 지저분해 보였다.

나는 자리에서 벌떡 일어섰다. 얼룩무늬 군복 아저씨와 눈이 마주칠까 봐 얼른 돌아섰다. 도망치듯 그대로 테니스장으로 달려갔다.

"아빠, 아빠! 아빠!"

"……왜?"

아빠가 동작을 멈추고 나를 보았다. 아빠랑 같이 운동을 하던 지혜아빠도 무슨 일인가, 하는 표정으로 나를 보았다.

"저……기……."

잔뜩 겁을 먹은 나는 테니스장 밖을 가리켰다. 양팔은 가슴에 붙이고 달달 떨리는 손가락만 꼬부린 채였다.

"엉? 저 사람은?"

"가만있어 봐. 저거……, 저 사람 등에 묻은 거 저거 피 아냐?"

놀란 아빠의 말보다 지혜아빠가 더 놀란 것 같았다.

얼룩무늬 군복 아저씨는 어느 새 우리에게 등을 보였다. 여전한 걸음걸이로 산 아래쪽으로 가고 있었다. 아저씨의 등에 매달린 배낭이 불룩했다. 아래로는 벌건 물이 흘러내리고 있었다. 보기에 찐득해 보이는 것이 피 같았다. 텔레비전에서 보았던 끔찍한 사고 생각이 났다. 보기만 해도 등골이 오싹했다.

"신고해야 되는 거 아냐?"

"맞아, 아까부터 수상했어. 이 산에 짐승이 사는 것도 아니고……."

지혜아빠와 아빠의 말에 나는 얼른 핸드폰을 내밀었다. 아무래도 끔찍한 일이 일어난 것 같다는 생각이 들었다.

"빨리 해 봐. 도망가면 큰일이야."

지혜아빠가 아빠를 재촉했다.

"경찰서는 휴일이 없겠지?"

아빠가 전화를 했다. 내 생각과 같았을까. 아무래도 끔찍한 사건이 생긴 것 같다는 내용이었다. 배낭에서 피 같은 것이 뚝뚝 떨어진다는 말을 덧붙이고 아빠는 전화를 끊었다.

나는 마음이 조마조마했다. 경찰관들이 오기 전에 얼룩무늬 군복 아저씨가 달아나버릴 것 같아서였다. 그렇다고 그 아저씨를 따라가면서 감시를 할 수도 없었다.

"그래도 눈치 채지 않게 슬슬 따라가 봐야 하는 거 아냐?"

"그래야겠지?"

아빠랑 지혜아빠는 운동 용품들을 주섬주섬 챙겼다.

"어서 가세."

지혜아빠가 더 서둘렀다.

아빠와 지혜아빠는 서둘렀던 것만큼 빨리 걷지는 않았다. 다행이었다. 하도 빨리 걸어서 얼룩무늬 군복 아저씨와 거리가 좁혀질까 봐 겁이 났던 터였다. 뒤따라가면서도 나는 가슴이 마구 벌렁거렸다. 혹시라도 얼룩무늬 군복 아저씨가 뒤를 돌아볼까 봐 아빠의 손을 꽉 잡은 채였다.

전화를 끊은 지 10여 분쯤 지났을 때였다. 산 아래서 부릉거리는 소리가 들렸다. 파란색이 많은 경찰차였다.

"아빠! 경찰차예요."

나는 깜짝 반가웠다. 경찰차가 그때처럼 반갑기는 처음이었다.

경찰차는 얼룩무늬 군복 아저씨 옆에 섰다.

경찰관 두 명이 차에서 내렸다.

'혹시 각목을 휘두르면 어쩌지? 경찰관 아저씨들이 다칠 텐데……'

마음속이 어지러웠지만 말이 되어 나오지는 않았다. 아빠와 지혜아빠도 잔뜩 긴장된 표정이었다.

한 무리의 등산객들이 올라오다가 경찰차 근처에서 발걸음을 멈추었다. 우리도 걸음을 빨리 했다.

경찰관 한 명이 얼룩무늬 군복 아저씨의 이마를 툭, 치는 것이 보였다. 아저씨는 엉거주춤한 자세로 경찰관들에게 경례를 했다. 나이가 좀 들어 보이는 경찰관이 웃으며 아저씨의 배낭을 잡아당겼다. 아저씨는 씩 웃으며 머리를 긁적거렸다.

우리는 좀 놀랐다. 경찰관들은 아저씨를 잘 알고 있는 듯했다.

"이것 봐, 윤철이. 이 차림으로 산엔 가지 말랬지? 가방 풀어 봐, 이 사람아!"

"아이 씨! 아저씨들 줄 꺼 없는데……"

나이 든 경찰관의 말에 얼룩무늬 군복 아저씨는 칭얼거리듯 대꾸를 하곤 배낭을 내려놓았다.

"아무튼 한 일 년 조용하더니 왜 또 산에까지 오고 그래? 그냥 동네 청소나 해. 알았어?"

"각목은 또 어디서 구했냐? 이리 줘."

젊은 경찰관이 아저씨의 배낭을 풀었다. 배낭 속에서 끔찍한 물건이라도 나올 줄 알았던 우리들은 깜짝 놀랐다. 아저씨의 배낭 속에서 나온 것은 쓰레기들이었다. 더러워진 빈 깡통이며, 빈 물통, 과자봉지 등이었다. 그 속에는 두어 시간 전에 내가 떨어뜨린 비스킷 봉지도 있었다.

"이게 뭐야? 이러니까 사람들이 신고를 하지!"

젊은 경찰관이 토마토 케첩 통을 들어 보였다. 뚜껑이 열린 케첩 통에는 개미들이 바글거렸다.

"5.18 충격이 이 사람을 이 꼴로 만들었다죠?"

"그래. 대여섯 살 무렵에 광주 외가에 놀러갔다가 놀랄 만한 일을 봤다지, 아마?"

"세월은 흘러도 그날의 상처는 사라지지 않았군요."

아저씨를 알고 있는 듯한 등산객들이 한 마디씩 했다. 어느 새 꽤 많은 사람들이 몰려들어 있었다.

"윤철이는 누구를 해칠 줄 모르는 사람입니다. 윤철이는 산을 청소하러 온 겁니다. 전에도 산에 왔다가 수상하다고 사람들에게 맞은 뒤로는 오지 않더니 아무래도 더러워진 산이 걱정돼서 또 온 거 같네요. 여러분, 산에 쓰레기 버리지 마세요."

나이든 경찰관의 목소리가 씁쓸하게 들렸다.

얼룩무늬 군복 아저씨는 쏟았던 쓰레기를 다시 쓸어 담았다. 사람들이 슬금슬금 그 자리를 떠났다.

머쓱해진 아빠가 팔을 잡아당겼다. 나는 여전히 오금이 저렸다. 멈칫거리며 뒤돌아보니 케첩이 묻은 아저씨의 허리께로 꽤 큰 개미 한 마리가 기어오르고 있었다. 때마침 불어온 바람에 아카시아 꽃냄새가 실려 왔다. 왠지 코끝이 찡했다.

뻥이야!

가슴이 터질 것 같습니다. 몸이 자꾸만 붕붕 뜨려고 합니다. 얌전히 있고 싶지만 지윤이가 손만 놓으면 당장이라도 공중으로 솟구칠 것 같습니다.

지윤이는 나를 꼭 잡고 있습니다.

"자, 이걸로 묶어. 바람 안 빠지게 조심하고."

자민이가 실을 내밉니다.

지윤이가 내 주둥이를 찾는 동안도 마음이 잡히지 않는 것은 마찬가지입니다. 뚱뚱하면 행동이 느리고 몸이 무겁다는 건 틀린 말입니다. 농구공만 하게 커진 내 몸이 이처럼 가볍다는 사실을 안 것은 처음입니다.

나는 처음에 아주 홀쭉했습니다. 몸도 작았습니다. 연분홍의 아주 작은 몸이었지만 지금보다 훨씬 무거웠습니다. 고개를 들 힘조차 없었으니까요.

그런데 지윤이가 불어넣은 입김으로 내 몸이 아주 가벼워진 것입니다.

지윤이는 단단한 실로 내 주둥이를 꽁꽁 묶습니다.

"선생님이 기뻐하실 거야."

"맞아! 빨리 불어서 교실을 예쁘게 꾸미자."

다섯 명의 아이들은 저마다 아직 불지 않아 배가 딱 붙은 풍선을 한 주먹씩 들고 있습니다. 저 풍선들도 조금 있으면 나처럼 가슴이 부풀 것입니다. 어디론가 가고 싶어질 것입니다.

우리들은 선생님들을 기쁘게 할 것입니다.

내일은 스승의 날입니다. 아이들은 행사 준비로 교실을 꾸미는 중입니다. 내일 아침이면 우리는 저마다 4학년 3반의 교실 천장과 칠판에 여러 가지 모양과 색상으로 매달릴 것입니다. 알록달록한 아이들의 꿈과 감사의 마음을 대신해 줄 것입니다.

"아후~ 힘들어. 풍선은 한참 불고 나면 머리가 어질어질해."

지윤이가 나를 묶은 끈을 자릅니다.

"터지지 않도록 조심해서 불어."

"그래도 풍선은 크게 불어야 해."

지윤이는 나를 묶은 끈을 집게손가락에 두 번 감습니다. 지윤이의 손에는 나 말고도 이미 커질 대로 커진 풍선들이 많이 감겨 있는 것이 보입니다. 모두가 어디론가 떠나고 싶은 소망으로 가득한 모습들입니다.

　　한껏 팽팽해진 나도 끈에서 놓여나고 싶습니다.

　　"지윤아, 다른 데 묶어 놓고 해. 날아가겠다."

　　"괜찮아. 잘못하면 터질까 봐……."

　　"빨리 불자. 다 불어서 교실까지 꾸며 놓고 가려면 시간이 없어."

　　자민이가 서두릅니다.

　　열린 창문으로 오월의 푸른 하늘이 보입니다. 솔바람도 시원하게 불어옵니다. 쏟아지는 햇살에 나는 몸살이 날 것 같습니다. 바깥이 궁금해진 나는 점점 더 안달이 납니다.

　　"엄마야~"

　　지윤이가 소리를 지릅니다. 달아나려고 애를 쓰던 내가 지윤이의 손에서 도망쳤기 때문입니다.

　　나를 잡으려던 지윤이는 손가락에 감긴 실들을 다 놓칩니다. 우리는 무리지어 교실 천장으로 날아올랐습니다.

　　"자민아! 내 풍선! 좀 잡아 줘."

　　"헐~ 묶어 놓고 하라니까……."

　자민이는 후다닥 일어나서 나를 쫓아옵니다. 제가 불던 풍선
의 바람이 빠지는 것에는 아랑곳도 없습니다.

　나머지 네 명의 아이들도 나를 잡으려고 일어섭니다. 아이들
은 내가 떠오른 곳으로 손을 뻗으며 팔짝팔짝 뛰어다닙니다. 내

마음도 급해집니다.

때마침 불어온 북서풍이 나를 밀어냅니다. 나는 운동장 쪽으로 열린 창문을 통해 교실 밖으로 나왔습니다. 돌아보니 교실을 벗어난 것은 나만이 아닙니다. 지윤이의 손끝에서 놓여난 친구들은 꽤 많았습니다.

"에이~ 놓쳤잖아."

발을 탁탁 구르는 자민이의 목소리가 들립니다.

창밖으로 나온 나는 춤이라도 출 것 같습니다. 두둥실거리며 친구들과 함께 운동장을 이리저리 날아봅니다. 살랑거리며 불어주는 바람이 함께 거듭니다.

"아~ 참 좋은 날이야."

나도 모르게 탄성이 나옵니다.

훈훈한 바람은 우리를 푸르고 맑은 하늘로 날리고 싶은 모양입니다. 잠시도 가만 있지 못하게 우리의 몸을 자꾸 띄웁니다. 한결 기분이 좋아진 우리는 바람에 몸을 맡긴 채 이리저리 날아다녔습니다.

찻길에 늘어선 나무들이 초록빛으로 빛나는 오후입니다.

"와! 풍선이다."

"너무 높아서 잡을 수도 없겠다."

한 무리의 아이들이 지나가면서 우리를 올려다봅니다.

기분이 우쭐합니다. 높은 곳에서 보는 풍경은 아주 재미있습니다.

"하하하!"

찻길을 내려다보던 나는 가슴이 터질 듯 웃었습니다.

개구리만 한 자동차를 보았기 때문입니다. 내가 문구점에 있을 때 아이들의 장난감 자동차도 저것보다는 컸던 것 같습니다.

"정말 웃긴다."

노란 풍선도 맞장구를 칩니다.

저렇게 작은 자동차는 처음 봅니다. 찻길을 달리는 색색의 자동차들은 모두 개구리만 합니다. 마치 개구리들이 색색의 옷을 입고 행진이라도 하는 것 같습니다. 그렇지만 부르릉거리는 소리는 여전합니다.

공룡처럼 커 보이던 자동차가 저렇게 작게 보일 수도 있다는 사실이 신기하기만 합니다.

찻길을 살피는 사이 거리는 금방 어두워집니다. 가로등이 밝혀진 거리도 아름답습니다. 넓은 세상 구경은 참으로 재미있습니다.

곧 주위가 어둑해집니다. 둘러보니 우리는 넷뿐입니다. 어딘지도 모르는 채 가로등이 없는 골목으로 날아든 모양입니다.

"지윤이가 풍선을 놓치는 바람에 시간이 좀 걸렸어요."

자민이의 목소리가 반갑습니다. 우리가 잠시 쉬고 있는 벚나무 위에까지 들려옵니다.

자세히 보니 학원에서 돌아오는 모양입니다. 함께 오는 자민이 아빠의 손에 서류 가방과 자민이의 학원 가방이 들려 있습니다.

"그럴 수도 있는 거야. 풍선이든, 사람이든 바람이 들면 자꾸 나가고 싶거든."

"그게 무슨 말이야? 아빠."

"그런 게 있어. 바람 든 풍선이니 어디서 큰일을 저지를 테지. 하하하."

아빠가 너털웃음을 웃습니다. 우리도 서로를 보면서 가만히 몸을 뒤척입니다.

"아빠는 통 무슨 말인지도 모를 말만 해요?"

"아무튼 내일 행사는 너희 손으로 한단 말이지? 맞았어. 스승의 날이라면 당연히 제자들이 꾸며 줘야지."

아빠는 자민이의 등을 쓸면서 대문을 잠급니다.

벚나무의 품속은 따뜻합니다. 잎이 많아서 쉬기에는 그만입니다. 밤공기는 싸늘했지만 바람도 쉬는 밤입니다. 모두가 잠든 세상은 조용합니다.

"털썩!"

무엇이 떨어지는 소리가 들려옵니다.

살포시 잠이 들었던 나는 좀 놀랐습니다. 벚나무 잎이 흔들리는 바람에 몸이 저절로 뒤척거려집니다. 나무 아래서 나는 소리라는 걸 알 수 있습니다.

무심코 눈길이 아래로 쏠립니다. 자민이네 마당에 웬 사람의 모습이 보입니다. 두 사람입니다. 한 사람이 대문을 살그머니 열어둡니다.

'어? 뭐지?'

자민이네 가족은 아닌 것 같습니다. 현관문 앞에서 살금살금 움직이며 안을 살피는 모습이 수상합니다.

'도둑?'

내 온 몸이 다시 팽팽해집니다.

잠시 후 두 사람은 소리도 나지 않게 현관문을 엽니다.

"얘들아, 일어나. 이상한 일이 일어날 것 같아."

"뭔데?"

노란 풍선과 회색, 연두색 풍선이 입을 모아 묻습니다.

내 고갯짓에 친구들의 눈길도 모두 자민이네 현관으로 쏠립니다.

현관 안으로 곧장 사라진 두 사람은 한참이 지나서야 모습을

드러냅니다. 손에는 자민이 아빠가 들고 들어갔던 서류 가방이
들려 있습니다. 아주 중요한 것이라는 생각이 내 가슴을 더 부풀
게 합니다.

"어떡하지?"

소곤거리며 우리가 눈길을 주고받는 사이 두 사람이 대문 쪽

으로 잰걸음을 옮깁니다.

그때입니다. 갑자기 바람이 불어옵니다. 열어두었던 대문이 쾅, 소리를 내며 닫힙니다. 그 바람에 우리도 한꺼번에 몸이 붕 떠올랐습니다.

"젠장! 갑자기 웬 바람이람?"

한 사람이 대문을 조심스럽게 다시 열며 투덜거립니다.

공중으로 솟았던 우리의 몸이 맞은편에서 부는 바람에 아래로 향합니다. 대문을 여는 사람의 눈앞으로 다가갔습니다.

"깜짝이야! 이건 또 뭐람?"

두 남자가 우리를 향해 손을 휘젓습니다. 우리는 다시 담벼락으로 밀립니다.

"뻥!"

"펑!"

먼저 소리를 지르며 터진 것은 회색과 노란 풍선입니다.

"어이쿠!"

친구들의 소리에 놀란 남자들이 넘어집니다. 손에 들었던 가방도 놓친 채 허둥거립니다.

"무슨 일이야?"

자민이 아빠가 뛰어나옵니다.

"펑!"

오톨도톨한 콘크리트 담벼락에 부딪친 연두색 풍선도 기꺼이 터집니다.

"여보, 신고했어요."

"아빠! 뭔데요?"

가족들이 웅성거리는 사이 경찰차 소리가 대문 앞에서 들립니다.

"하마터면 중요한 정보를 다 잃을 뻔했다. 아빠가 10년을 공들인 건데……."

자민이 아빠가 가방을 주워듭니다.

웅크린 채 주춤거리던 두 남자는 경찰차로 끌려갑니다. 둥실거리며 구경을 하는 나를 끌려가던 한 남자가 손으로 툭 칩니다.

"펑!"

"아이쿠! 깜짝이야."

"어? 저 풍선……."

부풀대로 부푼 내 몸이 터지는 것과 함께 아빠와 자민이가 서로 부둥켜안았습니다.

향기나는 편지

개학 날 청소가 끝났어. 사물함을 정리하던 나는 깜짝 놀랐어.

"어? 이게 뭐지?"

내가 본 것은 지우개였어.

그건 내가 방학 전에 잃어버렸던 향기나는 지우개였어. 연지가 훔쳐 갔다고 믿었던 그 지우개가 사물함의 귀퉁이에 박혀 있었던 거야. 나는 가슴이 마구 두방망이질 쳤어.

'어떡하지? 연지에게 미안해서 어떡하지? 아유, 어떡해?'

나는 속이 탔어.

지우개를 본 순간 내 머리에 떠오른 건 방학 전에 캐나다로 이사 간 연지였어. 은은하게 풍기는 지우개의 향기가 갑자기 연지를 더 그립게 했어.

그렇지만 이미 연지는 없었어. 한국을 떠난 지 벌써 한 달이 훨씬 지났거든. 나는 속만 더욱 탔어.

창밖을 바라보았어. 교실 밖 꽃밭에는 아직도 봉숭아가 붉었어. 교감 선생님이 날마다 물을 주며 정성을 쏟았던 봉숭아가 저마다 붉은 입술을 벙글고 있었어. 내 얼굴이 자꾸 화끈거렸어. 아마도 봉숭아꽃보다 더 빨개졌을 거야.

나는 깨끗해진 교실에 혼자 남았어. 열린 창을 비집고 들어오는 바람이 지우개의 향기를 더 짙게 했어.

'연지가 알면 뭐랄까?'

망설이다가 편지를 쓰기 시작했어. 물론 연지에게였지.

아무리 애를 써도 미안한 마음을 전하기가 쉽지 않았어. 썼다가는 지우고 썼다가는 지우기를 계속했어. 지울 때마다 향기가 나는 지우개는 내 가슴을 아프게 했어.

그만 둘까 싶기도 했어. 그렇지만 그럴 수가 없었어. 미루다 보면 내 마음을 전하기가 더 어려워질 것 같았거든.

"연지야! 미안해. 내가 널 크게 오해했어……."

몇 번을 고쳐 쓰다가 나는 인사말도 적지 않고 이렇게 편지를 시작했어.

안부를 묻기에는 마음이 급했어. 그보다 미안한 마음을 먼저

적으면 마음이 조금은 가벼워질 것 같기도 했어.

그런데 아니었어. 막상 미안하다는 말부터 적고 나니 눈물이 찔끔 나오는 거야.

다시 지웠어. 글씨를 지울 때마다 지우개에서는 향기가 났어. 지우개의 향기는 달콤했는데 눈물이 자꾸 났어.

괜히 매운 듯해서 주르르 눈물을 흘렸어. 눈물에 가려서 흐릿한지, 잊고 싶어 아득한지 모르겠지만, 나는 가물거리는 방학 전을 생각했어.

그날은 좀 더운 월요일이었어. 수학 시간이었지.

문제를 풀다가 틀려서 지우려고 하는데 지우개가 없었어. 무심코 옆을 보았어. 짝인 연지가 내 지우개를 가지고 있는 거야.

"이 지우개 내 꺼 아냐?"

나는 당연하다는 듯이 물었어.

"아, 아니야. 내 꺼야."

말을 더듬는 연지의 뺨이 빨개졌어.

"야! 이걸 보면 몰라? 이거 내가 이름 썼다가 지운 자리잖아."

"아니야. 지혜 언니가 준 거야."

"네 주제에 무슨 이런 지우갤 갖겠어? 이게 얼마짜린데……,

고모가 일본에서 사 온 거란 말이야!"

일주일 전에 내가 지우개를 자랑할 때 부러워하던 연지를 떠올리며 나는 큰 소리로 쏘아붙였어.

그건 분명 내 지우개였어. 조금 나다가 그만 나는 향기가 아니라 지울 때마다 고무 냄새 대신 향긋한 냄새가 나는 지우개였지. 고모가 사다 준 건데 아까워서 잘 쓰지도 않았던 건데 내가 그걸 모를 리가 없잖아.

"왜 그래? 같은 건 얼마든지 있잖아!"

연지도 지지 않았어.

연지의 얼굴은 더 빨개졌어. 나는 그것이 화가 나서인지 부끄러워서인지 알 수 없었어.

결국 나는 지우개를 잃어버린 채 일주일을 보냈어. 그렇지만 내 지우개를 연지가 가져갔다는 생각에는 변함이 없었어. 자꾸 따지기가 치사해서 내 마음을 숨겼을 뿐이야.

연지는 소녀가장이었어.

공부는 아주 잘 했어. 말수가 적어서일까, 연지는 어른스러웠지만 아이들과 잘 어울리지는 못했어.

우리는 그런 연지를 엉큼하다고 수군거렸어. 교실에서 물건만 없어지면 연지를 의심하는 건 아이들의 자연스러운 생각이었어.

워낙 말수가 적다 보니 연지에 대해 깊이 아는 친구들도 없었거든. 지혜라는 언니네한테 도움을 받는 처지라는 걸 아는 게 전부였어.

나는 무엇이나 나를 앞지르는 연지가 까닭 없이 미웠어. 연지는 꿈도 못 꾸는 갖가지 과외를 하면서도 그림이나 글짓기, 성악이며 운동까지 나는 연지보다 잘 하는 것이 하나도 없었거든. 그것이 나를 더 속상하게 했던 거야. 그러니 연지만 보면 친하고 싶다는 생각보다 밉다는 생각이 먼저 들곤 했어.

나는 연지의 많은 재능이 늘 부러웠어. 연지를 한 번이라도 이겨 보고 싶었어. 그런데 그마저도 제대로 되지 않았어.

단소 불기 실기를 입술 때문에 못한 날이었어.

"꼭 일등을 하고 싶었어요. 밤새 연습했단 말이에요!"

"너무 욕심 내지 마. 사람은 다 제 능력껏 하는 거야."

입술이 부르튼 채 우는 나에게 선생님이 말했어.

내 말은 사실이었어. 단소 부는 것이라도 연지에게 이겨 보고 싶어서 밤을 새며 연습을 했거든. 밤샘 연습의 결과가 부르튼 입술이라니 나는 절망했어.

지우개를 잃어버리고 일주일을 보내는 동안 나는 연지에게 한 마디도 말을 하지 않았어. 그날 이후 연지는 지우개를 한 번도 쓰지 않았어. 갖고 다니지도 않는 것 같았어.

'흥! 누가 저처럼 훔쳐갈까 봐…….'

나는 속으로 빈정거렸어. 내가 달랠까 봐 아예 두고 다니는 연지가 가소로웠어.

나는 연지가 없어지면 좋겠다는 생각만 줄곧 했어.

그러던 연지가 정말 없어진 거야.

여름 방학을 이틀 앞둔 날이었어. 연지는 학교에 나오지 않았어. 종례 시간에 선생님이 말했어.

"5학년 1반, 연지가 여러분 곁을 떠나게 되었어요. 아니 한국을 떠나게 된 거죠. 캐나다로 이민 가는 집에서 연지를 입양했대요. 함께 사시던 할머니가 돌아가시기 전부터 돌보던 집이라니 잘 살 거예요. 우리는 아까운 친구를 배웅도 못하고 보내지만 분명 연지는 우리를 그리워할 거라고 믿어요."

말을 마친 선생님은 연지의 E-메일과 집 주소를 칠판에 적었어.

난 멍해졌어. 하나도 기쁘지 않았어.

참 이상한 일이었어. 연지가 없어지면 정말 좋을 것 같았는데 갑자기 큰 것을 잃어버린 느낌이었어. 나는 힘없는 글씨로 연지의 E-메일과 집 주소를 옮겼어. 캐나다에 대한 호기심만 있었을 뿐 편지를 쓰겠다는 생각은 없었어.

'그렇다고 갑자기 무슨 이유로 편지를 쓴담?'

캐나다 이야기가 궁금하기는 했지만 편지를 쓸 구실이 없었어.

'메신저라도 들어오면 모른 척하고 말을 걸어 볼까?'

이상하게도 연지랑 꽤나 친했던 것처럼 무척 섭섭했어.

방학이 즐겁지 않은 것은 물론이었어.

매미가 울 때마다 연지가 보고 싶었어. 가족끼리 계곡에 갔을 때도 연지 생각을 했어. 고모가 왔을 때는 연지가 어떻게 지낼까, 정말 궁금했어.

지우개 생각도 났지만 연지가 밉다는 생각은 나지 않았어.

그런데 그 지우개가 내 사물함 구석에서 나온 거야.

"뭐, 얼굴을 안 보니까……."

편지를 쓰는 것이 새삼스럽고 멋쩍어서 혼자 중얼거렸어.

나는 쓰던 편지를 빨리 끝냈어. 내가 방학 동안에 얼마나 연지를 보고 싶어 했는지, 또 지금 얼마나 미안해하고 있는지를 꼼꼼하게 적었어. 마음이 조금은 가벼워졌어. 조금 전보다는 홀가분한 기분으로 교실을 나섰어.

"지윤아. 편지다. 그래도 짝이라고 네 생각이 가장 많이 났나 보다."

교실을 나서는데 문 앞에서 맞닥뜨린 선생님이 나에게 편지를 주셨어. 항공우편이었어. 연지가 보낸 것이었어.

가슴이 벅찼어. 얼른 뜯어 보고 싶었지만 참았어. 내 마음을 적은 편지를 먼저 부쳐야 연지의 편지를 편하게 볼 것 같았거든. 혹시 연지가 서운한 마음을 적었다고 해도 미안함이 덜 할 것 같기도 했고.

'연지야, 정말 보고 싶어.'

학교 뒤에 있는 우체국에서 우표를 사면서 나는 속으로 중얼거렸어. 우체국을 나왔어. 작은 나무 아래에 선 채로 가만히 연지의 편지를 뜯었어. 편지는 길었어. 잘 지내고 있다는 내용과 내가 많이 보고 싶다는 마음이 함께 적혀 있었어. 편지를 읽으면서 나는 연지의 글 솜씨에 몇 번이나 감탄을 했어.

그런데 놀랍게도 지우개 이야기도 있었어. 연지는 내 지우개를 가져갔다는 거야. 잠시 냄새만 맡아보려고 했는데 내가 도둑 취급하는 바람에 자기 거라고 우기게 됐다는 거야.

『지윤아,

사물함을 열어 봐. 오른 쪽 구석에 지우개가 있을 거야. 미안해……. 직접 사과를 하지 못하고 오게 된 것이 내내 마음에 걸렸어. 정말 미안해…….』

연지의 편지는 이렇게 끝났어.

깔끔한 글씨였어. 긴 편지인데도 단정했어.

우체통이 서 있는 뒤쪽의 꽃밭을 보았어. 가장자리에 성급하게 핀 몇 송이의 코스모스가 하늘거렸어.

편지에서 나는 향기 때문일까. 꽃빛으로 물드는 가슴이 아릿했어.

누가 썼을까

졸참나무 밑에 한 가족이 둘러앉아 있습니다. 우리 부부는 그 다정한 모습을 내려다봅니다. 잘 익은 버찌열매처럼 새까만 남편의 눈에 호기심이 가득합니다.

"어? 청설모다!"

딸인 듯한 소녀가 나와 눈이 마주치자 반깁니다. 목소리가 유리구슬끼리 부딪치는 것처럼 맑습니다.

등산객 중 아빠가 사과와 귤껍질을 낮은 숲으로 던집니다. 언덕 아래로 사라진 과일 껍질은 보이지도 않습니다.

"아빠! 쓰레기는 되가져 가라고 쓰여 있잖아요?"

머리를 쫑쫑 땋은 소녀가 놀라움과 실망스러움이 섞인 말을 합니다.

남편도 코끝을 찡긋합니다. 못마땅할 때 하는 버릇입니다.

"과일 껍질은 괜찮아. 썩으면 거름이 되거든."

'숲이 더러워지는데……'

내가 남편을 보면서 고개를 갸웃합니다. 내 마음을 읽었을까, 소녀가 아빠에게 설명을 합니다.

"아냐. 썩는 중에 발생하는 곰팡이가 산을 오염시킨대요."

"그래도 버려두고 가면 청설모나 다람쥐 같은 산짐승들이 먹잖아."

"……"

이번에는 아빠를 말리던 엄마까지 입을 다뭅니다.

아빠의 말이 맞는 말 같기도 해서 고개만 갸웃거릴 뿐입니다. 갈참나무 위에서 그것을 보고 있던 우리 부부는 고개를 빠르게 도리질합니다.

"찌찌찝!(우린 그런 거 안 먹어요!)"

비명 같은 남편의 외침을 가족들이 알 리 없습니다.

"아유~ 귀여워라. 청설모 좀 봐. 두 마리네. 부부인가 봐."

마침 우리 부부를 본 엄마가 우리를 가리킵니다.

"요샌 산짐승들도 사람 겁을 안 내네."

중얼거리며 엄마가 곁에 있는 팻말을 읽습니다.

"쓰레기는 되가져 가세요. 도토리는 주워 가지 맙시다."

소리 내서 읽은 엄마는 팻말을 다시 봅니다. 과일 껍질은 쓰레기가 아니라는 아빠의 말에 뭐라고 대꾸할 말을 찾지 못하겠다는 표정입니다.

"아니에요, 아빠. 과일 껍질도 쓰레기예요."

"음식물 쓰레기잖아. 짐승들이 먹을 수 있는……."

"경주 남산에서 봤어요. 과일 껍질도 되가져 가라는 글을요."

"……?"

딸이 쫑쫑 땋은 머리처럼 옹골차게 대꾸를 하자 이번에는 아빠가 고개를 갸웃거립니다.

"그런가?"

"저걸 어떻게 해요? 저 아래까지 내려가서 저걸 주우려면 우리가 다칠 거예요."

"에이~ 괜찮아. 저 아래를 봐라. 과일 껍질이 수두룩하지. 저걸 우리가 다 버렸냐?"

아빠가 일어서서 아래를 가리킵니다. 단풍이 든 나무와 마른 풀들이 어우러진 숲에는 갖가지 과일 껍질들이 흩어져 있습니다.

"그렇지만 다람쥐나 청설모도 먹지 않았잖아요? 만일 산짐승들이 먹었다면 저게 저렇게 말랐겠어요?"

아빠가 딸의 말에 고개를 쑥 빼서 아래를 다시 내려다봅니다.

버려진 과일 껍질은 사과와 귤 껍질만이 아닙니다. 배와 키위 껍질도 버려져 있습니다.

"할 수 없다. 오늘은 그냥 가자."

"담엔 버리지 마세요."

"알았다, 알았어."

아빠는 딸에게 미안한 듯 머리를 긁적입니다.

나는 소녀가 정말 고맙습니다. 과일 껍질은 버렸지만 도토리를 주워 가지 않은 가족들도 고맙습니다. 남편과 나는 서로 코끝을 비빕니다.

소녀네 가족들이 가고 난 뒤 우리 부부는 떨어진 도토리를 줍습니다.

"올 겨울은 걱정이오."

"날이 갈수록 도토리가 줄어드니 아기들에게 뭘 먹일지……."

걱정을 하면서 드문드문 떨어진 도토리를 부지런히 줍습니다.

주운 도토리를 나무속에 파묻습니다. 겨우내 아기들과 먹을 양식입니다. 부지런히 움직이지만 우리 부부는 힘이 없습니다. 조금뿐인 도토리를 파묻자니 가슴에 걱정이 더 많이 쌓일 뿐입니다.

갈잎이 수북한 가을산은 등산객들로 붐빕니다. 산은 일요일이면 더 복작거립니다. 얼마나 많은 사람들이 북적거리는지 청설모 친구들도 다람쥐도 새들도 모두 숨을 죽이는 날이 많습니다.

"후유~. 큰일이야."

"정말이에요. 이러다간 굶어죽겠어요."

우리는 상수리나무 가지에 앉아 한숨을 쉽니다.

지나가던 사람들이 무심코 돌팔매질을 합니다. 하마터면 맞을 뻔한 우리 부부는 더 높은 가지로 달아납니다.

그 바람에 후두둑, 잘 익은 상수리 열매가 바닥으로 떨어집니다.

"옳지! 도토리다. 줍자. 도토리묵 만들어 줄게."

"맞아! 도토리가 중금속 오염을 막아 준대."

돌을 던진 사람들이 떨어진 상수리 열매를 주워서 자루에 담습니다.

남편의 새까만 눈에 겁이 잔뜩 담깁니다. 나날이 양식이 줄어드는 것은 사람들이 도토리를 주워 가기 때문입니다.

"도토리를 주워 가지 말라고 적어 놓았잖아?"

지나가던 남자가 말렸지만 사람들은 들은 척도 하지 않습니다.

"다람쥐랑 청설모가 먹을 것이 없대요."

"청설모는 굶어서라도 죽어야 돼. 얼마나 사나운지 다람쥐를 잡아먹는다는데……."

창만 있는 모자를 쓴 남자의 말에 나는 가슴이 철렁합니다.

정말 억울합니다. 우리는 다람쥐를 잡아먹은 적이 없습니다. 가끔씩 도토리 때문에 싸운 적은 있습니다. 그러다가 다람쥐를 문 일도 있습니다.

배가 너무 고파서 싸우다가 이긴 것을 오해하는 사람들이 갑자기 무서워집니다.

"그게 아닙니다. 먹을 도토리가 없으니까 청설모랑 다람쥐가 싸우게 되는 겁니다. 그런데 청설모가 덩치가 크니까 이기는 것일 뿐이에요."

우리 부부는 지나가던 남자의 설명에 눈물이 날 것 같습니다. 우리의 억울한 마음을 알아주는 것이 참으로 고맙습니다.

그렇지만 걱정이 사라진 것은 아닙니다. 사람들은 그 후에도 여전히 도토리를 주워 갔기 때문입니다. 그 대신 우리와 다람쥐들에게 인심이라도 쓴다는 듯이 과일 껍질들은 여전히 버리고 갔습니다.

"어떡하지?"

"정말 어떡하지?"

우리 부부는 걱정만 깊어 갑니다.

도토리가 사라진 산은 과일 껍질 썩어 가는 냄새만 가득합니다.

잎이 거의 다 져버린 갈참나무 가지에서 우리 부부는 한숨만 내쉽니다. 옆에서 아기들이 들을까 봐 마음이 쓰입니다.

"식구도 늘었는데 양식이 모자라면 어쩌죠?"

"올 겨울이야 어떻게 안 될까······."

우리의 한숨에 몇 개 남은 갈참나무 잎이 작게 흔들립니다.

"이대로는 안 되겠어. 무슨 수를 써야지."

"어쩌시려고요? 잘못 하다간 당신까지 큰일 나려고요."

남편이 걱정됩니다.

작년 이맘 때쯤 죽은 옆집 설설이 아빠의 일이 생각난 것입니다.

설설이 아빠는 아주 용감한 청설모였습니다. 우리 마을의 대장이기도 했습니다.

"사람들이 도토리를 자꾸 주워 가는 것을 그냥 보고만 있을 수 없어요."

마을 회의도 청설모들의 양식 걱정뿐이었습니다.

"맞아요! 이대로 굶어죽을 수는 없어요."

"우리의 양식은 우리가 지킵시다."

우리들은 그 동안 쌓인 불만을 터트렸습니다.

"좋아요! 그럼 여러분들은 내일부터 나를 따라 나섭시다."

설설이 아빠는 도토리를 줍는 사람들을 방해하기로 했습니다.

그렇지만 쉬운 일이 아니었습니다. 아무리 찍찍거려도 사람들은 눈도 깜짝하지 않았습니다. 밤이 다 떨어진 빈 밤송이를 떨어뜨려도 끄떡도 하지 않았습니다.

"에잇!"

설설이 아빠는 갑자기 낮은 가지로 옮겨 앉았습니다. 도토리를 줍는 사람을 공격하기 위해서였습니다.

처음에는 사람들의 머리 위로 배설물을 뿌렸습니다. 그렇지만 소용이 없었습니다.

"아무래도 안 되겠다."

"어쩌려고 그래요?"

설설이 엄마가 가슴을 졸이며 물었습니다.

"우리들의 양식을 지키려면 어쩔 수 없어!"

설설이 아빠가 사람의 머리 위로 뛰어내렸습니다.

"엄마야! 이게 뭐야?"

놀란 여자가 비명을 질렀습니다.

"저거 청설모 아냐? 이것들이 이제는 사람 겁을 안내?"

남자가 설설이 아빠를 향해 돌을 던졌습니다.

"설설이 아빠!"

설설이 엄마가 비명을 질렀습니다. 설설이 아빠를 부르려고 낮은 데로 내려왔다가 돌에 꼬리를 맞은 것입니다.

"어서 도망쳐……, 윽!"

주춤하며 소리를 지르던 설설이 아빠도 큰 돌멩이에 머리를 맞았습니다. 설설이 아빠는 머리를 맞은 채 나무 아래로 떨어져 죽고 말았습니다.

그 일은 한동안 우리 청설모들에게 충격이었습니다. 지금 생각해도 두고두고 마음 아픕니다.

"모두가 살 길을 찾아야 해."

남편의 수염이 빳빳해집니다.

"다들 모이라고 해 봐요."

"알았어요."

나는 동네를 한 바퀴 돕니다.

그날 저녁, 마을에서는 회의가 열렸습니다. 모두가 살 길을 찾자는 회의라 집집마다 대표가 모였습니다.

"오늘 밤 안으로 끝내야 해요."

"맞아요. 땅에 내려가서 해야 하니 위험해요."

"사람들이 오기 전에 해야 해요."

"그렇지요. 사람들이 보면 우리를 가만 두지 않을 거예요."

"자, 빨리 빨리 각자가 맡은 대로 움직입시다."

회의가 끝나자 마을은 더욱 분주해집니다.

우리 청설모들은 언덕 아래 버려진 과일 껍질들을 주워서 나르기 시작합니다. 귤 껍질, 사과 껍질, 배 껍질, 키위 껍질, 땅콩이며 밤 껍질까지 껍질들이 많기도 합니다.

"자, 모두 여기로 갖다 늘어놓읍시다."

남편의 말에 나머지 청설모들이 과일 껍질들을 늘어놓습니다.

어떤 것은 길게 늘어놓기도 하고, 어떤 것은 둥그렇게도 만듭니다. 우리들이 밤새 늘어놓은 과일 껍질들을 남편이 둘러봅니다.

"됐어! 이제 모두 자러 갑시다."

다음 날입니다.

산을 오르던 사람들의 발걸음이 멈칫거립니다. 하나 같이 고개를 갸웃거립니다.

"이게 뭐지?"

"가만! 글씨 아닌가?"

"세상에……. 과일 껍질만 가지고 예쁘게도 썼네."

산을 오르는 사람들이 저마다 한 마디씩 합니다.

"'쓰레기는 되가져 가세요?', '산짐승들을 위해 도토리를 줍지 맙시다?'"

"맞아! 이거 맞네. 누가 이걸 보고 따라 썼구만."

한 사람이 '쓰레기는 되가져 가세요' 라고 쓴 팻말을 가리킵니다.

〈쓰레기는 되가져 가세요〉

〈산짐승들을 위해 도토리를 줍지 맙시다〉

팻말 아래 놓인 과일 껍질들로 쓴 글씨. 우리 청설모들의 바람이라는 건 알겠죠?

새가 된 할머니

  지난 일요일, 할머니가 몹시 편찮다는 연락을 받았습니다. 갑자기 웬일일까, 어디가 어떻다는 건지 아빠를 따라 가면서도 나는 가슴이 마구 콩닥거렸습니다.

  아빠의 휴가 때만 해도 할머니는 아주 건강했습니다. 작아도 다부지다는 말을 입버릇처럼 달고 살던 할머니. 다부지다는 말이 옹골차고 강단 있게 무슨 일을 할 때 쓰는 말이라는 것도 나는 할머니를 통해서 알았습니다.

  할머니가 다부진 건 맞는 말입니다.

  아무리 가물어도 푸른 물이 가로지르는 강이 있는 마을. 할머니는 강어귀에 혼자 삽니다. 열 살 먹은 나랑 키가 같은 할머니. 들일이나 집안일을 쉼 없이 해내고 틈만 나면 무슨 종이로든 예쁜 새를 접던 할머니.

지난 일요일에도 할머니는 열심히 새를 접고 있었습니다.

"할머니, 뭐해?"

"보마 모리나? 새를 맹글지."

무심한 할머니의 대답에 나는 심통이 났습니다. 그러면서도 신기하기만 했습니다. 어떤 종이도 할머니의 손끝에서는 활짝 날개를 펼친 새로 태어나는 건 보아도보아도 싫지 않았습니다.

내 쪽으로 흘낏 눈길만 주고 할머니는 접은 새를 유리병에 넣었습니다.

"이게 뭐야? 유치하게……."

"뭐긴 뭐꼬? 새지."

할머니가 홍보용 전단지를 자른 종잇조각을 다시 집었습니다.

심통이 난 나는 고만고만하게 잘라 놓은 종이들을 한 쪽으로 밀쳤습니다.

"누가 몰라서 물었나~?"

"알믄서 묻긴 와 묻노?"

"할머니, 우리랑 같이 살아요."

할머니의 손을 잡아끌면서 조르듯 하는 내 말에는 콧소리까지 섞여 있었습니다.

"에이, 어지러워 도시에서 우예 사노? 허억!"

쪼글쪼글한 손으로 내 머리를 쓸던 할머니는 헛구역질까지 했습니다.

"또 시작이다."

늘 같은 할머니의 연기에 나는 뾰로통해졌습니다.

내 말이라면 웬만한 건 다 들어주는 할머니입니다. 그렇지만 같이 살자는 말에는 언제나 같은 대답입니다. 할머니는 멀미를 아주 심하게 합니다. 그래서 읍내를 나가 본 일도 드뭅니다. 가끔씩 경운기를 타고 나갈 때도 있지만 강 건너기를 두려워합니다.

할머니는 지금까지 우리 집에 한 번밖에 다녀가지 않았답니다. 그나마도 내 돌잔치를 보러 왔다는 것을 사진으로만 알 뿐 기억에는 없습니다. 멀미 때문입니다. 할머니는 멀미를 한 번 하고 나면 10년은 늙는다고 합니다.

"걱정 말그라. 이담에 내가 날개를 달면 언제든지 우리 다미 보러 가꾸마……."

"할머니가 새야? 날개를 어떻게 달아!"

말도 안 되는 소리에 나는 빽 소리를 질렀습니다.

"내는 될 수 있대이. 부처님이 들어주실 끼다……."

꿈꾸듯 중얼거리며 할머니는 새로 접은 새를 유리병 속에 넣었습니다. 알락달락한 종이새들이 보스락거리는 듯했습니다.

할머니의 소원은 새가 되어 날개를 다는 것입니다. 새는 차멀미를 안 하기 때문입니다.

나는 할머니의 바보 같은 건강이 참 화가 납니다. 걸어서는 얼마든지 견디는데 왜 차를 못 타는지 정말 답답합니다. 조금만 걸어도 다리가 아파서 툭하면 아빠 차를 태워 달라고 조르는 나로서는 할머니가 도저히 이해되지 않습니다.

그래도 그때만 해도 할머니는 얼마나 건강했는지 모릅니다. 그런 할머니가 갑자기 몹시 편찮으시다는 것입니다.

강이 보이자 가슴이 다시 콩닥거리기 시작합니다.

강을 건너자 할머니의 낮은 집이 보입니다. 마음이 급해집니다. 할머니의 집은 하도 낮고 작아서 땅콩 같기도 하고, 누에고치 같기도 합니다. 요즘은 시골에서도 보기 드문 집입니다.

"집 좀 고칩시다."

"필요 없대이. 공연시리 집만 커봤자 청소하기만 힘들대이."

남들 보기 민망하다고 고치려고 해도 할머니는 고집을 피웠습니다. 겨우 집안에 싱크대를 들여놓고 보일러를 놓은 것도 대단한 일이었습니다.

엄마랑 아빠를 따라 서둘러 들어선 할머니의 방은 어둑했습니다.

“어머님.”

엄마가 불을 켜며 할머니를 불렀습니다.

할머니는 얇은 이불을 덮고 누워 있었습니다. 얼마나 작은지 나비가 되려고 옹크린 번데기 같았습니다.

아빠는 친척 아저씨에게 이것저것 물었습니다. 할머니의 병세에 대한 것을 묻는 아빠의 얼굴이 어둡습니다.

“할머니……”

나는 혼잣소린 양 할머니를 불러 보았습니다.

할머니는 작은 움직임도 없었습니다. 머리맡에는 종이새가 가득한 유리병이 놓여 있었습니다.

새가 되고 싶은 할머니의 소원이 담긴 새들입니다.

은박지로 접은 것도 있고, 사탕 봉지로 접은 새도 있습니다. 학종이나 신문지로 접은 새도 있습니다. 모양은 같아도 날개 색은 모두가 다른 새들입니다. 마치 천 명의 쌍둥이가 각기 다른 옷을 입은 것 같습니다.

“네가 말했제? 천 마리만 접으마 소원이 이루어진다꼬……. 인자 열 마리만 더 접으마 된다 아이가?”

여름방학 때 했던 할머니의 말이 생각났습니다.

몽롱하던 할머니의 눈빛이 가슴을 아릿하게 했습니다.

"인자······ 새들이······ 내를 다미한테······ 델따 줄 끼다······.
마루로······."

자는 줄 알았던 할머니가 힘들게 중얼거렸습니다.

아빠가 할머니를 안아다가 쪽마루에 눕힙니다. 따뜻한 가을
햇살이 고단한 할머니의 어깨를 포근하게 감쌌습니다.

할머니는 다시 잠이 들었습니다. 잠든 할머니를 보다가 나는
혼자서 강으로 나갔습니다.

내 손에는 종이새가 가득한 유리병이 들려 있었습니다.

가만히 강둑에 앉았습니다. 오후인데도 강에는 물안개가 피어
올랐습니다. 소리 나지 않게 유리병 뚜껑을 열었습니다.

"할머니, 바보······."

말을 하고 나니 눈시울이 뜨거워졌습니다.

나는 유리병 속의 새들을 강물에 쏟아 부었습니다. 새들은 강
물을 따라 천천히 떠내려갔습니다. 새들이 물결 따라 흘러가는
걸 보는데 괜히 눈물이 흘렀습니다.

강물이 갑자기 반짝이기 시작했습니다. 흐릿한 눈으로 강물을
보던 나는 깜짝 놀랐습니다. 버리듯 쏟아 부은 종이새들이 한꺼
번에 하늘로 날아올랐기 때문입니다. 설핏한 가을 햇살에 종이
새들의 날개가 곱게 빛났습니다.

새들은 천천히 강 한가운데로 모여들었습니다.

아, 그런데 더욱 놀라운 일이 일어났습니다. 모여든 새들의 날개 위에 할머니가 앉아 있었습니다. 물안개 때문인지 눈물 때문

인지 모습은 흐릿했습니다.

다만 새들의 날개 위에 오도카니 앉은 할머니는 아주 행복해 보였습니다.

"하, 할머니……."

새들이 놀라서 흩어질 새라 나는 작은 목소리로 할머니를 불렀습니다.

"다미야~. 다미야~."

뒤에서 엄마의 목소리가 들렸습니다.

눈물을 훔치며 일어섰습니다. 엄마의 목소리에도 내 눈은 강 가운데 머물렀습니다.

"거기서 뭐하니? 어서 가자. 할머니 돌아가셨다."

엄마의 재촉이 아련히 들렸습니다.

나는 뒤도 돌아보지 않았습니다. 할머니를 태운 새들은 느린 속도로 하늘로 날아올랐습니다.

가물거리는 할머니를 향해 나는 자꾸 손만 흔들었습니다.

첫눈이 올 때까지

"안녕히 가십시오!"

초록색 옷을 입은 청년이 자동차의 꽁무니를 향해 큰 소리로
말했어.

"부아앙~!"

보기에도 시원하게 생긴 파란 자동차가 소리를 내지르며 사라
졌어. 자동차가 비명처럼 내지른 소리가 청년의 인사까지 삼켜
버렸어.

"이런!"

청년이 담벼락 아래 붙은 꽃밭으로 달려갔어. 자동차의 배기
가스에 아직 키도 덜 자란 봉숭아는 누렇게 뜬 것처럼 보였어.

며칠째 주인의 눈치를 살피느라 돌보지 않은 꽃밭이었어. 그 사이 시커먼 먼지를 뒤집어 쓴 채 어린 봉숭아는 온 몸을 바르르 떨고 있었어.

"이런! 제대로 자랄까 걱정이네. 사람도 견디기 힘든 배기 가스를……."

청년이 봉숭아를 살살 털어 주었어.

"야! 김 군, 거기서 뭐해!"

"아! 예, 갑니다."

주인의 호통에 청년이 놀라서 달려갔어.

"너 자꾸 꾀부릴래?"

"……."

청년은 아무 말도 하지 않았어. 봉숭아 쪽을 잠시 바라볼 뿐이었어.

"한 번만 더 쓸데없이 꾀부리면 저깟 봉숭아 확 뽑아 버릴 거야!"

"조심하겠습니다."

청년이 고개를 꾸벅 숙였어. 어깨가 아주 겸손해 보였지.

며칠 전까지 청년은 봉숭아를 정성껏 돌보았어. 물을 주고 북을 돋아 주는 즐거움은 힘든 일도 다 잊게 했거든.

청년은 다니던 대학교를 쉬는 중이었어. 학비를 마련하기가 힘들어서 군대를 갈 생각이었지. 입영 통지서가 나오는 겨울까지 주유소에서 아르바이트를 하기로 한 지 벌써 석 달째였어.

"주유소라고 해서 기름 냄새만 있는 곳이라는 생각을 바꿔야지. 이 봉숭아가 자라서 꽃이 피면 좋은 일을 할 수 있을 거니까."

지난 4월에 꽃씨를 뿌리던 청년이 즐겁게 한 말이었지.

그때 청년은 아주 뿌듯했어. 씨앗처럼 단단한 소망이 담긴 말이었어.

그런데 주인은 그렇지 않았어.

"주유소에서는 기름만 팔면 되지, 꽃은 너희 집에서나 가꿔."

생긴 것은 무섭지 않았는데 주인의 말은 언제나 무섭기만 했어.

청년은 처음 이 주유소에 왔을 때 무척 좋았어. 잠까지 잘 수 있는 골방이 있어서 다행이었지.

거기에다 화단이 있어서 더욱 좋았단다. 담벼락에 붙어서 그늘지고 좁은 화단이었지만 청년에게는 평야보다 넓게 느껴졌거든. 누구도 돌보지 않아서 버려진 곳인 만큼 혼자 꽃을 심으면 좋겠다고 생각했어.

'여기에 꽃씨를 뿌리면 되겠다.'

비록 그늘이 지는 곳이었지만 청년은 기뻤어.

어릴 때 돌아가신 엄마가 손톱에 들여 주던 봉숭아 꽃물이 생

132

각났단다. 청년은 가만히 제 손톱을 들여다보았어. 기름때가 끼어서 까만 손톱이 빨간 봉숭아 꽃물이 든 것처럼 느껴졌어. 생각만으로도 마음이 먼저 붉어졌어. 자신도 누군가의 손톱에 꽃물을 들여 주고 싶다는 생각을 했기 때문이야.

청년은 아주 부지런했어. 아침저녁으로 꽃밭에 물을 주었어. 봉숭아는 잘 자랐단다. 틈만 나면 화단을 들여다보던 청년은 꽃도 피지 않은 줄기에서 엄마를 느끼곤 했지.

주인은 청년을 믿지 않았어. 어렵게 자란 청년에게 금고는 만지지도 못하게 했어.

"없이 자란 사람은 남의 것을 보면 훔치고 싶어지는 거야."

언젠가 주인이 한 말이었어. 같이 일하는 아가씨에게 기름을 넣는 것을 설명해 주고, 기름 값 계산하는 것을 가르쳐 주면서 한 말이었어. 그 아가씨는 주인의 친척이라고 했어.

청년은 없이 자란 사람이 자신을 가리키는 말이라는 걸 알았어. 속이 상하고 슬펐어. 아가씨 보기에 자존심도 상했어. 그렇지만 아는 척할 수가 없었단다. 언제나 자신을 꺼리던 사람들의 눈길에 괜히 주눅이 들곤 했기 때문이지.

"빨리 꽃을 피우렴. 누군가의 손톱에 오래 남아서 사랑을 이루는 꽃물이 되게 해줄게."

여름이 시작될 무렵 청년이 낮은 목소리로 말했어. 봉숭아가 자라는 것이 청년에게는 유일한 희망이었단다.

청년의 말에 봉숭아는 그냥 좋았어. 뭔가 좋은 일을 하겠다는 각오가 새싹보다 먼저 자랐지. 봉숭아는 그 각오를 잊기 전에 뿌리부터 내렸어. 작은 뿌리지만 단단하게 자리를 잡았지.

봉숭아가 뿌리를 내린 자리는 비가 내려도 빗물이 스치지도 않는 곳이야. 지붕을 통해 비치는 햇빛만 조금씩 받는 곳이었어.

그렇지만 모든 것이 좋았어. 봉숭아는 청년의 사랑을 듬뿍 받았거든. 청년은 날마다 필요한 만큼의 물을 주는 정성을 보였어.

"참 신통하기도 하다. 물밖에 먹는 것이 없는데도 이렇게 잘 자라다니……. 먹을 걸 다 먹고도 마음이 덜 자란 내가 어째 미안한 걸."

청년은 봉숭아를 보면서 자신을 돌아보곤 했어.

청년의 큰 키가 얼마나 멋있는지는 봉숭아도 아는데 청년은 늘 봉숭아보다 덜 자랐다고 겸손해 했어. 봉숭아는 그런 청년이 좋았어.

글쎄. 키가 아니라 마음이 덜 자랐다는 거야. 봉숭아는 궁금했어. 청년이 봉숭아보다 덜 자랐다고 하는 봉숭아의 마음은 뭘까. 봉숭아는 그런 자신의 마음이 얼마나 크기에 청년이 저런 말을 할까. 골똘하게 생각하는 날이 많아졌어.

　그러는 동안에도 봉숭아는 조금씩 자랐어. 그늘을 만드는 주유소 지붕이 조금 답답했지만 햇빛을 아주 못 보는 것은 아니었어. 해는 서산으로 숨어들기 전에 봉숭아의 작은 키를 한 번씩 비춰 주곤 했거든. 그 빛은 뜨겁지 않았어. 조금은 식은 빛이지만 마냥 좋았단다.

　봉숭아는 누구의 방해도 받지 않았어. 오히려 청년의 관심이 고마울 따름이었단다.

　"어? 봉숭아다."

　"주유소에 봉숭아가 있다니 신기하다."

　사람들이 기름을 넣으러 왔다가 이런 말들을 했어. 다들 반가운 표정들이었어. 어떤 사람은 기름을 넣는 동안 내려서 길쭉한 잎들을 한 번씩 더듬고 가기도 했어.

　봉숭아는 기분이 좋았어. 사람들의 관심이 고마웠지. 모두가 청년이 잘 가꿔 준 덕분이었어.

　"봉숭아꽃 피면 손톱에 꽃물들이던 생각난다."

　"맞아. 그 때는 물들인 손톱만 보면 마음까지 꽃빛이 되곤 했지."

　봉숭아가 봉오리를 맺었을 때 아주머니 둘이서 주고받은 말이야. 무슨 말인지 얼른 알아들을 수는 없었지만 기분 나쁜 말은 아니었어.

봉숭아는 오래오래 사람들의 마음을 꽃빛처럼 물들이겠다고 다짐했어.

물론 꽃빛이 어떤 것인지는 잘 몰랐어. 다만 나쁜 것은 아니라는 것을 짐작할 뿐이었어. 아주머니들의 기다림에 찬 표정과 기대 섞인 말투에서 느낀 것이었어.

주유소의 좁은 화단도 봉숭아에게는 아주 편안했어.

물 한 모금에도 감사하며 봉숭아는 기름 냄새를 견뎠단다.

누군가를 그리는 자신의 마음을 알아주는 이를 만나고 싶다는 꿈만 키웠어. 청년의 말처럼 꽃을 피워서 빨리 좋은 일을 하고 싶기도 했어.

그 날은 7월 같지 않은 날이었어. 햇볕은 쨍쨍했는데 바람이 꼭 가을바람처럼 서늘했거든. 더위에 조금씩 지쳐가던 봉숭아는 바람 덕분에 기분이 좋았어.

"오호! 꽃을 피웠구나. 그것도 한꺼번에 많이도 피웠네."

청년이 봉숭아를 반겼어. 목소리에서 꽃냄새가 난다고 생각했어.

"탐스럽기도 하다. 향긋한걸."

봉숭아는 청년의 말을 듣고 알게 되었어. 청년의 목소리에서 나던 꽃냄새는 자신이 풍긴 것이었다는 걸 말이야.

"어디……. 꽃물이 아주 곱게 들겠는걸."

손님이 없는 시간이어서인지 청년의 목소리는 아주 여유가 있었어.

청년이 봉숭아꽃을 따기 시작했어. 빨간 꽃잎을 뗄 때는 몸이 조금씩 따끔거렸지만 참을 만했어. 짙은 초록빛깔을 띤 잎을 딸 때는 몸이 끊어질 듯 아팠어. 그래도 참았지. 청년이 하던 말을 생각하면 분명 뭔가 좋은 일이 있을 것 같았거든.

몸에서 떨어진 꽃잎들은 정말 곱기도 했어. 이파리들도 싱싱했어.

청년은 작은 절구를 들고 왔어. 그러더니 절구통에 빨간 꽃잎과 이파리들을 넣는 것이었어.

"백반을 넣어야 꽃물이 곱게 들지."

청년은 명반이라고 쓰인 하얀 가루를 꽃잎이 든 절구통에 같이 넣었어. 그때까지도 봉숭아는 뭔가 기대가 컸단다. 제 몸에서 떨어진 것들이지만 그 색깔이 정말 고왔거든.

청년은 나무로 된 절구로 꽃잎들을 찧기 시작했어.

봉숭아는 아찔했어. 제 몸에서 떨어져 나갔다고는 하지만 한 동안 애써 키워낸 꽃잎들이 짓이겨지는 걸 보는 건 정말 아찔한 일이었어. 꽃잎들은 나무절구를 빨갛게 물들이며 피를 토해냈거든.

"오빠, 뭐해?"

금방 손님의 자동차에 기름을 넣고 난 아가씨가 물었어.

"기다려 봐. 좋은 일이 있을 거니까."

청년은 꽃잎들을 더욱 콩콩 짓이기는 거였어.

봉숭아는 제 살이 찢기는 아픔을 참았어. 작은 절굿공이에 꽃물이 묻어났어. 제 피로 물드는 절굿공이를 보는 것은 견디기 힘든 아픔이었어.

"너 가서 찻숟가락 하나랑 랩 좀 가지고 와."

청년은 아가씨에게 말했어.

아가씨는 고개를 갸웃거리며 사무실 쪽으로 달려갔어.

"이 랩을 이만한 크기로 잘라 봐."

청년이 먼저 랩을 잘랐어. 그러더니 잘 찧은 꽃덩이를 찻숟갈로 떠서 랩에 싸는 것이었어.

"봤지? 너도 이렇게 해 봐. 하나씩 묶어. 꽁꽁 묶어야 돼. 꽃물이 새면 안 돼."

"이걸 다 뭐 할 거야?"

"두고 봐."

청년은 익숙한 손놀림으로 꽃덩이를 쌌어. 아가씨도 얌전한 손놀림으로 꽃덩이를 만들었어.

"아, 뭐해요? 기름 안 넣어 줍니까!"

막 들어온 자동차가 빵빵거리며 경적소리까지 냈어. 운전석에 앉은 아저씨의 목소리는 짜증스러웠어.

"예~ 갑니다~."

청년이 달려갔어.

"이거 따님이나 사모님 손톱에 물들여 주세요."

"……?"

얼른 기름을 넣은 뒤 꽃덩이를 싼 랩을 내민 청년의 말에 아저씨가 뜨악한 표정을 지었어. 그러더니 머리를 긁적거렸단다. 조금 전에 소리 지른 것이 좀 미안했던 거지.

"꽃물을 들여서 첫눈이 올 때까지 남아 있으면 첫사랑이 이루어진대요."

청년이 아저씨에게 말하며 웃었어.

"마누라의 첫사랑은 나인걸."

아저씨도 싱긋 웃었어.

얼굴이 발그레해졌어. 그러더니 무안한 듯 가볍게 머리를 숙이고 주유소를 빠져나갔어. 아저씨가 남긴 엷은 웃음이 청년의 표정을 빛나게 했어.

그날부터 청년과 아가씨는 더 바빠졌어. 오는 사람마다 봉숭

아를 달라고 했거든. 주유소는 기름을 넣으려는 손님들로 북적
거렸어. 소문을 들은 사람들이 몰려들기 시작한 거지.

　다음 날부터는 백반과 꽃잎, 이파리 몇 장을 묶어서 그냥 나누
어 주어야 했어. 일일이 다 찧어서 줄 수가 없었거든.

"내년에는 저쪽 화단까지 다 봉숭아를 심어야겠는걸."

주인아저씨가 꽃잎을 싼 종이를 손님에게 주면서 말했어.

"그러세요. 제가 군대 가더라도 봉숭아는 꼭 심으세요. 사람들의 마음까지 고와지는 것 같아요."

주인아저씨의 흐뭇한 말을 청년이 받았어.

"김 군! 고맙다. 네 마음을 몰랐구나."

주인아저씨가 아이처럼 수줍게 청년에게 사과를 했어. 봉숭아 덕분에 손님으로 북적거리는 것이 아주 만족스러웠거든. 그것이 다 청년의 공이라는 것이 정말 고맙고 미안했지.

봉숭아는 저도 기분이 좋아졌어.

제 몸이 시들어도 오래 살 수 있게 되었거든. 그것도 사람들의 손톱에 고운 꽃물로 남아 첫눈이 올 때까지 있을지도 모른다니 벌써 겨울이 기다려졌어.

'하얀 눈이 내리는 날……'

중얼거리기만 해도 마음이 설레기 시작했어.

마음은 하얀 눈을 기다리는데 가슴이 붉게 물드는 건 왜일까. 봉숭아는 몇 안 남은 이파리에 힘을 주었어.

시골집의 낡은 문짝

바람도 밤이 무서운 모양입니다.

"위이잉~ 애애앵~"

바람이 칭얼거립니다. 참 안타깝습니다.

그렇지만 섬돌 위에 세워진 문짝은 바람을 달래 줄 수 없습니다. 보듬어 줄 수도 없습니다. 문짝은 바람을 받아 줄 가슴이 없습니다. 낡고 앙상한 문살만 남은 채 드문드문 남은 창호지에도 구멍이 숭숭 뚫려진 채입니다.

"달그락 달그락, 뜨르르……."

바람이 세게 불면 헐거워진 손잡이만 뒤척일 뿐입니다.

옛날에는 이렇지 않았습니다. 그때는 바람의 투정을 다 받아 주었습니다. 바람이 부딪치며 응석을 부릴 때면 그 소리까지 흠

내 내어 주기도 했습니다.

"푸르르……."

문풍지로 바람의 소리를 흉내 내면 바람은 더욱 신이 나서 노래를 불렀습니다.

지금은 그럴 수 없습니다. 그것이 안타깝습니다. 문짝의 탓이 아닌데도 바람에게 미안해집니다.

문짝의 마음을 아는지 모르는지 찬바람은 여전히 문짝의 몸에 부딪치기를 계속합니다.

"휘이잉~"

문짝이 바람을 위해 할 수 있는 일은 이제 아무것도 없습니다. 바람이 지나가면서 보채는 소리의 울림을 길게 내주는 일뿐입니다. 하긴 문짝이 바람 걱정을 할 처지도 아닙니다.

"옛날이 좋았어. 그때는 내가 지나가면 문풍지가 받아서 휘파람을 대신 불어 주곤 했었는데……."

어젯밤에 들은 삭풍의 중얼거림에 뼈가 시려 옵니다. 나이는 들었지만 삭풍의 힘은 여전했습니다.

문짝도 그때가 그리워집니다. 그때를 생각하자니 뼈 속까지 더욱 시려옵니다. 잔바람들은 문짝의 낡고 가는 뼈 사이로 부지런히 들락거립니다.

잔바람의 재롱을 무심코 넘기며 문짝은 생각에 잠깁니다.

이태 전까지만 해도 문짝은 바람에게 좋은 친구였습니다. 사람들에게도 사랑 받는 바람막이이기도 했습니다.

해마다 가을이 되면 주인은 문짝을 손질해 주는 걸 잊지 않았습니다.

"이제 농사일도 끝났으니 문을 새로 발라야지."

주인은 아주 꼼꼼한 사람이었습니다. 아무리 추운 겨울에도 문짝이 바람만 막아주면 무척 행복하게 여겼습니다.

그럴수록 문짝은 좋았습니다. 바람이 들려주는 많은 이야기들을 고스란히 들을 수가 있었습니다. 바람의 이야기는 참 많았습니다. 아름다운 이야기도 있었고, 슬픈 이야기도 있었습니다.

11월이 되면 주인은 문짝을 문설주에서 떼어냈습니다. 돌쩌귀에 맞물려 있던 문짝의 몸이 떨어지면 주인은 문짝을 볕바른 곳에 눕힙니다.

"푸우푸~"

주인은 입안 가득 머금은 물을 힘껏 뿜어 주었습니다.

따뜻한 햇살과 시원한 바람을 받는 한나절이 지나면 주인은 문짝을 부드러운 솔로 문질러서 닦아 주었습니다.

그 간지러운 손길이 정말 좋았습니다.

"문살 부러질라. 조심해서 살살 문질러야지."

"너무 오래 돼서 문살이 낡았어요."

마나님의 말을 들은 주인은 문살을 가만히 들여다보았습니다.

마디마디 이어진 문짝의 관절들을 하나하나 살폈습니다. 그 눈길이 얼마나 다정했는지 모릅니다. 헐거워진 관절마다 강한 풀로 다른 나무들을 붙여 주었습니다. 그런 다음 햇빛을 다시 받을 때면 문짝은 보송보송해졌습니다.

"아!"

문짝의 외침은 새털보다 더 가벼웠습니다. 지나가는 솔바람과 내리쬐는 햇살만 알아들을 뿐이었습니다.

주인은 정성껏 쏜 풀을 문살에 문질러 주었습니다. 그런 다음 닥나무 껍질로 만든 창호지를 덮었습니다. 그 위를 다시 솔로 가볍게 문질러 주었습니다.

손잡이가 있는 곳에 나뭇잎 넣기도 잊지 않았습니다. 곱게 물든 단풍나무 잎을 가족 수만큼 넣어서 창호지를 한 번 더 덧발라 주곤 했습니다.

"예쁘게 보이고 싶어."

동그란 손잡이가 달린 곳에 자리 잡은 단풍잎들이 속살거리면 문짝은 더욱 뿌듯해졌습니다.

문짝이 새 옷을 입으면 겨울은 누구에게나 따뜻했습니다.

"저 문이 없으면 겨울이 얼마나 추울 거야?"

주인댁 마나님은 추운 겨울날이면 문짝을 아주 고마워했습니다.

"엄마가 넣은 저 단풍 좀 봐. 참 곱다."

주인댁 딸도 좋아했습니다. 단풍잎도 얼굴을 붉히며 창호지 사이로 더욱 파고들었습니다. 이런 말을 들을 때 문짝은 누구보다 행복했습니다.

그럴 때마다 문짝도 대답을 했습니다. 바람이 전해 주는 힘을 받아 문풍지로 휘파람을 힘껏 불곤 했습니다. 푸르르 떠는 문풍지를 보면서 주인댁 식구들은 따뜻한 겨울밤을 보내곤 했습니다.

주인댁 식구들이 잠든 뒤에 조용한 노래를 한 번씩 불러보는 것도 문짝의 기쁨이었습니다.

단풍이 전하는 여름날의 비바람 소식도 새로웠습니다. 가을날의 푸르른 하늘빛이며, 서늘한 바람의 이야기도 먼 나라의 전설처럼 신기했습니다. 그런 이야기들을 들으면 정말 행복했습니다.

문짝은 다시 바람막이가 되고 싶습니다. 그렇지만 이제는 모두가 지난날의 꿈입니다.

주인이 세상을 떠나자 마나님은 아들을 따라 도시로 이사를 했습니다. 즐겁던 기억들은 돌아갈 수 없는 옛날 이야기가 된 것입니다. 지금 문짝이 있는 곳은 다 쓰러져 가는 주인집 뒤뜰 섬돌 위일 뿐입니다.

가끔씩 드나드는 바람조차 문짝을 가엾게 여겨서 때로는 거들떠보지도 않습니다. 보기에도 추워 보여서 문짝을 건드릴 수가 없다는 것입니다.

이렇게 잊혀가는 것은 슬픈 일입니다. 뼈 속까지 시린 외로움이라는 말을 제대로 느낀다는 것이 견디기에 얼마나 힘든 일인지를 문짝은 압니다. 다시 바람막이가 되겠다는 꿈을 버리고 싶기도 합니다.

이태 전까지 붙어있던 문설주도 그립습니다. 뼈 속까지 스미는 찬 기운에 문짝은 꿈까지 허물어질 것 같습니다. 정신이 가물거립니다.

"아유~ 집이 이게 뭐야?"

"사람이 안 사니까 2년밖에 안 지났는데 아주 못 쓰게 됐네."

앞마당에서 들리는 인기척에 문짝은 정신을 차립니다.

"근데 엄마, 문짝은 다 어디 간 거야?"

"글쎄, 짐 들어낸다고 떼어 놓곤 안 단 모양이다. 성하기나 한지 모르겠다."

주인댁 마나님의 목소리입니다. 이태가 지났지만 문짝은 알 수 있습니다.

"광에는 없는 걸 보니 뒤뜰에 있나?"

"문짝이 얼마나 좋은 장식품인데 뒤뜰에 있으면 어떡해? 2년 동안 비바람을 맞았으면 다 썩어서 못쓰게 된 거 아냐?"

서두르는 발소리와 함께 젊은 여자의 목소리가 점점 가까워집니다.

"어마! 여기 있네. 그래도 댓돌 위에 있어서 많이 상하지는 않았겠다."

젊은 여자는 주인댁의 딸입니다. 많이 자랐지만 어릴 때의 고운 모습은 그대로입니다. 멋진 옷매무새가 잘 어울립니다. 문짝은 가슴이 벌렁거립니다.

"좀 낡았지만 손질만 하면 되겠다. 요즘은 이런 문짝 구하기도 얼마나 힘든데."

딸은 문짝을 어루만지며 좋아합니다.

문짝은 주인 마나님이 타고 온 차에 실립니다.

얼마를 달렸는지 모릅니다. 덜컹거림조차 없는 길을 따라 문짝이 도착한 곳은 크고 넓고 깨끗한 고급 아파트입니다.

"엄마, 여기 걸어두면 되겠죠?"

　딸이 마나님에게 말했습니다.

　"나야 무얼 알겠냐? 그저 고향냄새가 나는 걸 볼 수 있다는 것
만 해도 행복이지. 그나저나 시골에서는 그냥 버리는 걸 주워다
저렇게 놓으니까 훌륭한 장식품이 되는구나."

　마나님은 베란다를 내다봅니다.

베란다에는 여물통과 낡은 문갑, 뒤주, 오지그릇들이 나란히 앉아 있습니다. 먼지 하나 없이 닦여서 반질반질하게 윤이 납니다. 주인의 사랑을 담뿍 받고 있음을 한눈에 알 수 있습니다.

"문짝은 너무 깨끗하게 닦으면 오히려 옛맛이 없어지니까 이대로 걸지 뭐. 먼지도 털고 문종이도 떼어냈으니 헐거워진 문고리나 고정시키고 문살만 조금 손질하면 되겠네."

마나님의 사위도 한 마디 거듭니다.

문짝은 새로운 곳이 낯설기는 했지만 기분이 좋아집니다. 모두들 문짝을 좋아하는 것 같아서 행복합니다. 문짝은 이제 더 이상은 바람막이가 되겠다는 꿈을 꿀 수는 없습니다. 대신 고향 냄새를 나눠 주는 새로운 꿈을 갖게 되어 뿌듯하고 기쁩니다.

문짝은 베란다가 훤히 내다보이는 거실 벽에 걸립니다. 마나님이 잘 말린 용담초 꽃을 문살에 끼워 줍니다. 마른 꽃이지만 보라색이 그대로 살아 있어서 향기까지 나는 것 같습니다.

베란다를 가득 채운 여물통과 낡은 문갑, 뒤주, 오지그릇들에 햇살이 쏟아집니다. 반가운 친구들은 자신들이 받은 따뜻한 햇살을 문짝에게 쏘아 반깁니다. 겨울 오후지만 참 따뜻합니다.

공중전화와 겨울바람

"아~흠."

나는 늘어지게 하품을 했어요.

벌써 며칠 째인지 몰라요. 너무 심심했거든요.

그때였어요. 덜컹, 누군가가 내 집 유리문을 흔들었어요.

'누구지?'

반가운 마음에 귀를 쫑긋했어요. 누군가가 나를 찾아와 수다를 떨어 줄지도 몰랐거든요.

반가운 소식이 아니라도 좋다고 생각했어요. 누구든지 나를 찾아 주기만 해도 반가울 것 같았어요. 벌써 닷새째 아무도 나를 찾는 이가 없어서 지쳐 가고 있었으니까요.

그렇지만 곧 시무룩해졌어요. 유리문을 흔든 것은 사람이 아니었거든요. 지나가던 겨울바람이었어요.

"너 심심하지?"

겨울바람이 약 올리듯 다시 한 번 내 집의 유리문을 흔들었어요.

"너도 심심하지?"

나는 아무렇지도 않은 척 눈만 흘겼어요.

겨울바람이 얄미웠어요. 내가 얼마나 심심할 거라는 건 겨울
바람도 잘 알고 있었어요. 그러면서 괜히 남의 마음을 떠 보려고
하다니 말이에요. 그렇지만 나는 그런 마음을 겨울바람한테까지
들키고 싶지는 않았어요.

"아님 말구!"

겨울바람은 토라져서 쌩, 사라졌어요.

나는 좀 미안했어요. 겨울바람도 무척 심심했을 거예요. 사람
들은 겨울이 시작되면서부터 바람을 싫어하거든요.

언젠가 들은 겨울바람의 넋두리가 생각났어요.

"사람들은 바람을 좋아해. 산들바람, 솔바람, 봄바람, 소슬바
람, 남실바람……. 많고 많은 바람들을 다 좋아하는데 나만 싫어
하는 것 같아."

"태풍이나 회오리바람도 싫어하잖아."

"그래도 그런 바람은 갑자기 불어서 사람들이 피할 수도 없지

만 나는 아니잖아. 그런데도 아무도 나를 반겨 주지 않아. 오히려 겨우내 나를 피하기만 하잖아."

겨울바람의 말은 사실이었어요.

"어~ 춥다."

겨울이 되면서 가끔씩 내 집을 찾는 사람들마다 하는 말이었어요.

정말이지 누구도 겨울바람을 좋아하지 않는 것 같았어요. 오히려 옷깃을 단단히 여미고 빈틈조차 주지 않았어요. 어느 누구도 겨울바람이 비집고 들 틈을 주지 않으니 심심했을 거예요.

잠시 후였어요. 내 마음을 알았을까요?

틈새가 조금 벌어진 내 집으로 겨울바람이 다시 비집고 들어왔어요.

"네가 심심할까 봐……."

겨울바람의 속삭임은 정다웠어요. 겨울바람은 거칠게 비집고 들어올 때와는 달리 이내 잠잠해졌어요.

나는 속으로 좀 우스웠어요. 제 풀에 지쳐서 들어왔다가 민망한 마음을 들키지 않으려고 내 생각을 한 것처럼 하는 말이 귀엽기까지 했으니까요.

"잘 있어. 또 올게. 휘~잉~"

이내 부드러워진 숨결로 나를 한 번 훑고는 겨울바람이 다시 나가 버렸어요.

참 이상했어요. 겨울바람의 숨결에서 뭔가 할 말이 있는 것 같다는 걸 느꼈거든요.

'싱겁긴……'

나는 겨울바람이 빠져 나간 광장을 넘겨다보았어요.

하늘을 뚫을 듯한 아이들의 밝은 목소리가 그리움을 안겨 주었어요. 정말이지 사람의 목소리를 듣고 싶어졌어요.

딱히 밝은 목소리가 아니어도 좋아요. 어떤 것이든 소식을 전하고 싶었어요. 일을 하고 싶은 거지요. 하릴없이 해가 뜨고 지는 것만 보면서 보낸 것이 겨우 닷새째인데 아주 아득하게 느껴졌어요.

겨울바람이 다녀간 뒤였어요.

여자 아이 하나가 내 입에 동전을 넣었어요. 가슴이 벅찼어요. 얼마 만에 먹는 동전인지 기억조차 아득했거든요.

찰카닥, 나는 맛있는 소리를 내며 얼른 동전을 삼켰어요.

"엄마, 지나야. 보고 싶어요……"

아이의 이름은 지나였어요. 지나가 내 귀에 대고 속삭였어요.

한낮인데도 지나의 목소리에는 어스름처럼 어두운 기운이 묻어있었어요.

"……."

지나의 목소리에는 대꾸가 없었어요.

"엄마, 언제 와?"

"유치원 잘 다니지?"

"응, 엄마. 아빠도 엄마가 보고 싶대요."

"……. 흑!"

철컥! 그뿐이었어요.

내가 기억하는 건 지나의 기운 없는 목소리와 참다참다 삼키듯 토해낸 엄마의 짤막한 흐느낌뿐이었어요.

지나는 내 팔만 잡은 채 한참을 가만히 서 있었어요. 흐느낌으로 끝내 버린 엄마와의 통화가 무척 안타까운 듯했어요.

그랬어요. 언젠가부터 내 귀에는 슬프거나 안타까운 소리만 들려왔어요. 좋은 소식은 정말 듣기가 어려웠어요. 나는 한 번이라도 신나는 소식을 듣고 싶었어요.

언제부터인가는 그런 소식들도 제대로 들을 수가 없게 되었거든요.

"엄마 보고 싶어……."

지나는 슬프게 중얼거렸어요.

목소리에 그리움이 묻어 있었어요. 눈물도 묻어 있었어요.

"덜커덩!"

겨울바람이 잠시 내 집을 흔들었어요. 그렇지만 지나 때문에 못들은 체했어요.

내 가슴은 터질 것 같았어요. 사람에 대한 그리움은 누구나 같으니까요.

나는 지나를 돕고 싶었어요. 어린 지나가 웃게 할 수 없을까? 이런 생각에 나는 더 이상 심심하다는 생각을 할 수가 없었어요.

그 날은 겨울바람이 아주 열심히 움직였어요. 몇 사람이나 내 집에서 겨울바람을 피해 갔거든요.

"여보세요?"

나를 찾을 때 하는 소리에 귀를 쫑긋한 것이 몇 번이나 되는지 몰라요.

그렇지만 나는 다시 실망을 해야 했어요. 그 소리들은 겨울바람을 피해서 내 집을 들른 사람들이 휴대 전화기에 대고 속삭이는 소리들이었거든요.

내 집에 들어왔으면서도 아무도 나를 아는 체도 하지 않았어요. 그럴 때마다 지나의 앙증맞은 손길이 그리웠어요.

그와 함께 날씬하고 예쁜 휴대 전화기를 질투하곤 했어요.

밤이 되었어요. 잠들지 못한 겨울바람이 또 내 집을 흔들었어요.

"소식 들었니?"

"무슨 소식?"

"내일은 너를 여기서 치워 버린대."

"뭐라고? 왜?"

나는 깜짝 놀랐어요.

"네가 쓸모가 없어졌대."

"……. 그렇지만……."

나는 말끝을 잇지 못했어요.

지나에게 도움을 주고 싶다는 말을 하려다 말았어요. 겨울바람에게 말해 봐야 도움이 될 것 같지 않았거든요.

문을 닫고 가버린 줄 알았는데 겨울바람은 그냥 지나치지 않았어요.

"그렇지만? 무슨 할 말이라도 있니?"

문을 펄럭거리며 하는 말이었지만 겨울바람의 목소리는 한결 부드러웠어요.

"말해 봐. 내가 도울 수 있는 일이 있을지도 모르잖아?"

"네가? 웃지나 않으면 다행일 걸."

"이제 며칠 후면 널 만날 수도 없을 텐데 왜 웃겠니?"

겨울바람이 다시 내 집 문을 펄럭거렸어요.

"……. 도와 줄 아이가 있어."

"지나 말이지? 아까 다 봤어."

"어떻게?"

"낮에 내가 놀러왔을 때 밖에서 기웃거렸잖아. 그래서 내가 자리를 비켜 주었지."

겨울바람은 다 알고 있었어요.

"그럼 지나의 사연도 알겠구나."

"당연하지. 아빠가 술만 먹으면 엄마를 때려서 엄마가 집 나간 지 두 달째잖아."

"그렇게나 오래 됐니?"

나는 더욱 놀랐어요. 지나가 그렇게나 오랫동안 엄마도 없이 아빠의 행패를 보면서 지냈을 걸 생각하니 정말 마음이 아팠어요.

"그런데 어떻게 도울 생각이니?"

"지나 엄마한테 지나의 소식을 다시 전하고 싶어."

"힘들 텐데……."

"어차피 나는 여길 떠나야 한다면서? 그럴 바에는 마지막으로 뜻있는 일을 하고 싶어."

겨울바람의 친절에 내 마음을 전했어요.

"알았어. 기다려~."

겨울바람은 노래하듯이 사라졌어요.

잠시 후였어요.

덜컹, 소리와 함께 내 집의 문이 활짝 열렸어요.

"좀 괴로울 거야. 참아야 해."

겨울바람이 큰 소리로 외쳤어요.

그때였어요.

겨울바람은 있는 힘을 다 해서 나를 덮쳤어요. 갑자기 정신이 아뜩해졌어요. 내 몸이 다 부서지는 것 같았어요.

"조금만 기다려. 네 바람이 이루어질지도 몰라."

겨울바람의 외침과 함께 내 팔은 투당탕 소리를 내며 밑으로 늘어졌어요. 그와 동시에 돌멩이가 날아와 내 배꼽을 힘껏 때렸어요.

"따르르……따르르……따르르……따르르……따르르……따르르……."

뱃속에서 이상한 소리가 났어요.

'무슨 소리지?'

만신창이가 된 나는 그것이 내가 보내는 신호음이라는 생각조차 하지 못했어요.

"됐어! 정확하게 재발신 단추에 맞았구나. 조금만 기다려."

겨울바람은 신이 나서 소리를 질렀어요.

몇 번을 더 따르르, 소리가 났어요. 그러더니 누군가가 말을 했어요.

"여보세요? 지나니? 지나야, 이 밤중에 웬일이니?"

지나 엄마였어요.

"……."

"지나야……."

"휘이잉……."

지나엄마의 다급한 목소리에 겨울바람이 대신 대답을 해주었어요.

"지나, 지나야! 무슨 일이야?"

"……."

"아이고~ 얘가 대체 무슨 일이야? 분명히 낮에 걸었던 공중전화 번호 같았는데……. 안 되겠다, 기다려."

찰칵, 지나엄마가 전화를 끊었어요.

다음 날이었어요.

예지원유치원 가방을 맨 지나가 찾아왔어요. 엄마랑 함께였어요.

"이상하다? 분명히 네가 전화를 걸지 않았단 말이지?"

"응."

"근데 전화기가 왜 이 모양이 됐지? 부스 문짝도 곧 떨어지겠네."

지나엄마가 늘어진 내 팔을 몸에 걸어 주었어요.

"어머나! 이 재다이얼 단추는 깨져서 못쓰겠구나."

"그래도 엄마한테 내 소식을 알려줬잖아."

"그래. 우리 지나 정말 대단하다. 아빠가 병원에 입원을 하게 된 것도 다 지나 덕분이지. 이제 치료 받으면 술도 끊게 될 거야."

"아냐. 공중전화 덕분이지."

"그런가? 그런데 이걸 왜 치운다니?"

지나엄마는 아쉬운 표정이었어요.

"엄마. 이제 집 안 나갈 거지?"

"그래. 이제 절대로 안 나갈게. 엄마가 미안해."

지나엄마는 지나를 꼭 껴안아 주었어요. 내 마음이 따뜻해졌어요.

"엄마를 불러 줘서 고마워~ 공중전화기야."

지나가 나를 어루만졌어요.

지나엄마의 눈에 눈물이 맺히는 걸 봤어요. 그런데도 나는 마음이 흐뭇했어요. 잠시 후면 나를 치울 아저씨가 내 집 밖에서 기다리는 데도 말이에요.

지나가 엄마랑 돌아간 뒤였어요.

연장통을 든 아저씨가 들어왔어요. 아저씨는 나를 뜯어서 묶었어요. 모든 것이 너무 갑작스럽게 일어난 일이라 좀 어리둥절했어요.

휘잉, 지나던 겨울바람이 잠시 고개를 들이밀었어요.

"이젠 나를 만나기 힘들 테지만, 좋은 일이 있을 거야."

겨울바람의 말뜻을 알 수가 없었어요.

나는 아저씨가 밀쳐놓은 뒤편에서 잠시 내 모습을 살펴보았어요. 단추의 숫자들은 거의 다 지워진 데다 망가져서 쓰지 못하는 단추도 여러 개였어요. 게다가 팔과 몸을 이어 주는 선은 배배 꼬여서 말이 아니었어요. 때까지 꼬질꼬질해서 내가 봐도 부끄러운 모습이었어요.

이런 모습을 좋아할 사람은 없을 것 같았어요.

"이런 나에게 무슨 좋은 일이 있을까?"

혼자서 중얼거렸을 때였어요.

"저, 이 전화기는 고쳐서 제가 쓰면 안 될까요?"

나를 가리킨 사람은 예지원유치원 원장이었어요.

"이걸 뭣에 쓰게요?"

"우리 유치원에서 아이들 공중도덕과 전화예절 교육용으로 쓰면 좋겠는데……."

"그래요? 그렇게 하시죠."

아저씨는 예지원유치원 원장에게 나를 넘겨 주었어요.

"고맙습니다. 아이들이 좋아할 거예요."

예지원유치원 원장이 나를 안았어요.

"어때?"

집을 나서는데 겨울바람이 속삭이듯 물었어요.

"어제와 달리 오늘은 겨울답지 않게 바람도 포근하네. 아~ 기분 좋다~."

예지원유치원 원장이 내 마음을 대신해서 중얼거렸어요.

겨울바람은 마지막으로 내 몸을 한 번 훑고 지나갔어요. 그 손길이 지나의 손길처럼 정다웠어요.

두 천사 이야기

여러분은 부지런한 사람이 오래 사는 까닭을 알고 있나요? 또 마음이 가난한 사람이 오래 산다는 말을 들어 본 적이 있나요? 이 이야기를 들으면 그런 사람들이 오래 살게 된다는 것을 알 수 있을 거예요.

천사 다사랑과 여미울은 생각이 언제나 달랐대요. 그런데도 자주 붙어 다니던 두 천사는 어느 날 크게 다투게 되었어요. 그날 아침, 비를 뿌린 뒤였어요. 여미울 천사는 있는 힘을 다해 동쪽 하늘에 무지개를 걸었어요.

일을 끝낸 여미울 천사는 은하수에서 손을 씻으며 놀고 있었어요. 여미울은 임금님 몰래 어디 가서 낮잠이나 한잠 잘까를 생

각했어요. 그러자 기다렸다는 듯 하품까지 나왔어요.

그때 문득 햇살에 빨래를 널려던 다사랑이 무지개를 보았어요. 그런데 해와 반대쪽에 걸려 있어야 할 무지개가 해 옆에 걸려 있는 게 아니겠어요?

"이렇게 되면 무지개가 해님에 가려서 예쁜 모습이 보일 리가 없는데……."

다사랑 천사는 얼른 무지개를 걷어서 서쪽 하늘에 걸쳐 놓았어요.

제대로 일을 했다는 보람으로 손을 씻고 돌아 온 여미울 천사는 제가 널어놓은 무지개가 엉뚱한 곳으로 옮겨진 걸 보았어요. 장난꾸러기 다사랑 천사의 짓이 분명하다는 걸 안 여미울 천사는 소리부터 질렀어요.

"넌 왜 내가 하는 일마다 딴죽을 걸고 그러니!"

"내가? 뭘?"

다사랑 천사가 딴전만 부린다고 생각한 여미울 천사는 화가 머리끝까지 치밀어 올랐어요. 그래서 다사랑 천사가 빨아 온 빨래를 내동댕이쳐 버렸던 것이지요. 두 천사는 큰 싸움을 벌이게 되었어요. 결국 임금님께 불려가서 꾸중을 듣고 하늘나라에서 쫓겨난 것도 그 때문이었답니다.

170

"싸움이란 이처럼 하찮은 일에서 비롯된단다. 정말 큰 일이 나면 마음을 모으다가도 아무 것도 아닌 일로 이처럼 크게 싸우다니……. 너희 둘은 오늘부터 이곳을 떠나 얼마 동안 땅으로 내려가거라. 그곳에서 잘못을 반성하여라."

꾸중을 끝낸 임금님이 누그러진 목소리로 말했어요. 모두가 사랑하면서 살아야 할 하늘나라에서 툭하면 싸우는 다사랑과 여미울 천사가 임금님은 답답했어요.

'이러다간 하늘나라도 싸움이나 하는 곳으로 변해 버리면 큰 일이지.'

이렇게 생각한 임금님은 두 천사에게 벌을 주어야 되겠다고 생각한 것이지요.

그렇다고 그 벌을 하늘나라에서 줄 수는 없었어요. 서로 사랑하는 천사들의 나라에서 한 번 벌을 주게 되면 앞으로는 따뜻한 웃음 대신 차가운 눈총으로 다스려야 할지도 모르는 일이기도 했으니까요.

"그곳에서는 절대로 많이 자면 안 되느니라. 음식을 너무 많이 먹어서도 안 되며, 재물에 욕심을 부려서도 안 되느니라. 무엇이든 남을 먼저 생각하며 많은 것을 베풀고 살다 보면 언젠가는 다시 돌아오게 될 것이니라. 잠시도 게으름을 피우지 말고 언제나 다시 이곳으로 돌아올 준비를 하면서 살도록 해라."

생각다 못해 얼마 동안 하늘나라를 떠나보내기로 결정했지만 임금님은 걱정이 많았어요. 모두가 두 천사에 대한 사랑의 마음이었지요.

다사랑 천사는 임금님의 말씀을 잘 받아 적었답니다. 개구쟁이여서 장난은 심해도 할 일은 제대로 하는 천사였거든요.

그러나 심술이 난 여미울 천사는 임금님의 말을 듣는 척 하면서 다사랑 천사만 노려보았어요.

날마다 따뜻한 햇살과 고운 무지개가 빛나는 나라. 가끔 부리는 심술도 별빛이 흐르는 은하수에 씻기면 그만이고, 때론 게으름을 피워도 뽀얀 안개가 숨겨 주는 하늘나라에서 쫓겨나게 된 것이 억울했거든요. 그것이 모두 다사랑 천사 때문이라고 생각하니 가슴에서 불같은 것이 울컥, 치미는 것이었어요.

임금님의 명을 받은 다사랑과 여미울 천사는 하늘나라를 떠났어요. 땅은 춥고 어두웠어요.

다사랑 천사는 우선 삭정이들을 모았답니다. 거기에다 하늘나라에서 가지고 온 불씨로 불을 지폈지요. 세상이 환해지며 따뜻해졌어요. 누구의 가르침이나 간섭도 받지 않고 혼자 하는 일이 신기했어요.

여미울 천사는 아직도 화가 풀리지 않았어요. 여미울 천사는 아무 것도 하지 않은 채, 다사랑 천사가 피우는 불 옆에 쪼그리고 누워만 있었어요. 눈을 몇 번 치켜뜨던 여미울 천사는 이내 잠이 들고 말았답니다.

"땔감을 조금만 더 마련해 둔 다음에 눈을 붙여야겠다."

다사랑 천사는 열심히 삭정이를 긁어모았어요. 다음 날도 불을 지펴야 한다는 생각이 들었거든요. 땀이 흘렀지만 아랑곳하지 않았어요. 이마와 등줄기에 흐르는 땀이 오히려 기분이 좋았으니까요.

밤이슬로 몸을 닦은 다사랑 천사는 그제야 눈을 감았어요. 나른한 졸음 속으로 하늘나라의 모습이 밀려 왔어요. 행복한 미소를 지으며 다사랑 천사는 잠이 들었어요.

"아함! 잘 잤다. 이곳이 하늘나라보다 훨씬 더 살기 좋겠다. 임금님도 없겠다, 참견하는 어른도 없으니 뭐든지 내 마음대로 할 수 있고…… 얼마나 좋아?"

다음 날 아침, 늘어지게 자고 난 여미울 천사가 기지개를 켜며 말했어요.

"잘 잤니? 난 오늘부터 씨앗들을 심을 거야. 임금님

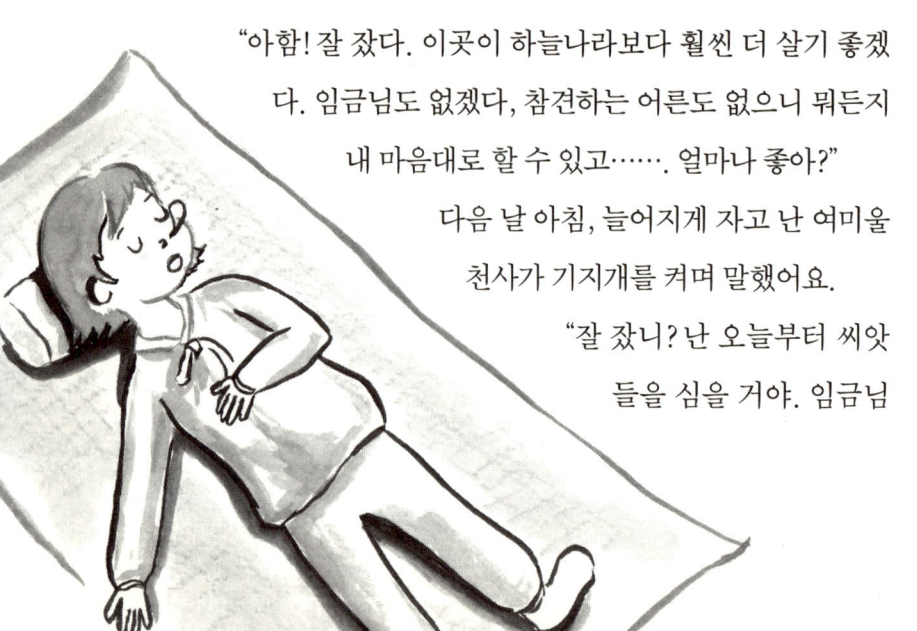

이 언제 다시 부를지 모르니 그 동안은 일을 해얄 거 아니니?”

“참견하지 마! 난 아침이나 먹고 더 좀 자야겠다.”

다사랑 천사의 말에 여미울 천사가 다시 심술을 부렸어요. 그러더니 심술인지 정말 피곤해서인지 여미울 천사는 또 잠이 들었어요.

여미울 천사는 종일 잠만 자는 것이었어요.

다사랑 천사는 즐거웠어요. 다사랑 천사가 노래를 부르며 땅을 일구고 씨앗을 뿌리는 봄날 동안도 여미울 천사는 종일 잠만 잤어요. 여미울 천사가 잠을 자는 여름에도 다사랑 천사가 심은 곡식들은 잘 자랐어요. 뜨거운 햇살을 견딘 곡식들이 누렇게 익기 시작했어요.

가을이 되었어요. 다사랑 천사는 땀을 뻘뻘 흘리며 곡식을 거두었어요. 그러자 새들과 온갖 동물들이 다사랑 천사를 찾아 왔어요.

"잘 왔다. 장난꾸러기들, 많이 먹으렴."

다사랑 천사는 동물 친구들이 반가웠어요. 다사랑 천사의 장난기 섞인 말에 동물들은 순한 눈을 깜박거렸어요.

땅에서 거둔 곡식들이니 땅에 사는 모든 짐승들에게 골고루 나누어 주어야 한다고 다사랑 천사는 생각했어요. 그래서 동물들이 원하는 만큼씩 모두 나누어 주었어. 나누는 기쁨은 아주 큰 것이었어요.

다사랑 천사는 비로소 땅에서 사는 일이 얼마나 즐거운 일인가를 알게 되었답니다.

봄, 여름을 먹는 일과 자는 일로 보낸 여미울 천사도 도움을 청했어요.

"설마 나를 모른 척하진 않겠지? 그 살기 좋은 낙원에서 쫓겨난 것이 누구 때문인지 안다면 말이야."

176

"그럼, 이걸 내가 어떻게 다 먹니? 필요한 만큼 가지고 가렴."

나눔의 기쁨을 깨달은 다사랑 천사는 여미울 천사에게도 곡식을 듬뿍 나누어 주었어요.

"자꾸 오기도 귀찮으니 한꺼번에 먹을 만큼 가지고 갈 거야."

여미울 천사는 곡식이며 과일들을 골고루 챙겼어요. 이제는 여미울 천사도 하늘나라에서 쫓겨난 탓을 안 하겠지, 싶으니 다사랑 천사는 마냥 행복했어요.

여미울 천사도 행복했어요.

가만히 앉아서 놀아도 곡식을 부족함 없이 나누어 주는 다사랑 천사가 있으니 마치 왕이라도 된 듯한 기분이었지요. 여미울 천사는 얻은 곡식을 곳간에 쌓아둔 채 먹고 자는 일만을 계속 했어요. 먹으면 자고 잠을 깨면 먹다 보니 어떤 날은 하루에 예닐곱 번씩이나 먹기도 했답니다.

덕분에 하늘나라를 떠날 때의 빛나던 눈빛도, 가늘던 몸도 몰라보게 변했지요.

그에 비해 다사랑 천사는 일을 하느라고 식사도 잠도 줄이며 지냈어요. 나날이 살이 찌는 여미울 천사에 비해 다사랑 천사가 마른 나무처럼 야위는 것은 당연한 결과였지요.

그런데도 눈빛은 하늘나라를 떠날 때보다 더 반짝거렸어요.

가만히 들여다보면 많은 이야기와 사랑이 다사랑 천사의 눈빛에는 가득했어요. 날이 지나는 동안 장난기도 차츰 사라졌지요.

그렇게 몇 해가 지났어요.

두 천사는 어느새 하늘을 잊게 되었어요. 그만큼 땅이 좋아진 것이지요.

다사랑 천사는 일하는 보람에 땅이 좋았어요.

봄비를 맞으며 씨앗을 넣을 때는 씨앗마다 꿈을 넣었어요. 여름에는 뙤약볕 아래로 나날이 푸른 손을 뻗는 나무들이 보기 좋았고, 봄여름 동안 일한 보람이 줄기마다 가지마다 열리는 가을도 무척 행복했어요.

그렇게 거둔 것들을 나눠주는 겨울이면 눈빛처럼 하얗고 눈부신 기쁨에 가슴이 벅차올랐어요.

여미울 천사도 누구의 간섭도 받지 않는 이곳이야말로 천국처럼 생각되었지요.

봄에는 나른해서 잠을 자고, 여름에는 덥다고 바람이 부는 강둑에서 나무들의 속삭임을 자장가 삼아 들으며 또 잠을 잤어요.

"정말 좋은 곳이야. 다사랑 때문에 쫓겨났지만 사실 하늘나라보다 더 편하고 행복해. 다사랑 녀석이 뼈 빠지게 일을 해 주니 놀기만 해도 된다니까."

가을이면 서늘한 바람이 부는 곳을 찾아 풀벌레의 장단에 맞춰 노래하듯 중얼거렸지요.

겨울은 더욱 행복했어요. 눈밭에 난 토끼와 사슴의 발자국을 따라 짐승들을 쫓으며 노는 일은 신났지요. 그러다가 지치면 또 실컷 먹고 잠을 자면서 지냈으니까요.

그러던 어느 해 봄이었어요.

"아! 이렇게 살기 좋은 곳이 있었다니, 그 동안 하늘나라에서 속았던 거야. 이젠 이곳에서 영영 살고 싶어."

여미울 천사가 한없이 게으른 목소리로 말했어요.

그때였어요.

실비를 타고 하늘나라 임금님이 내려왔어요. 다사랑과 여미울 천사는 깜짝 놀랐어요.

"내 너희를 내려 보낸 뒤 지켜보았다. 너희가 땅 위에서 지내면서 몇 년 동안 얼마를 잤으며, 얼마만큼의 식사를 했고, 어느 정도의 선행을 베풀었는가를 쭉 살폈다. 그것은 너희가 땅에다 마음을 붙이면 너희의 뜻에 따라 살게 하려고 했다. 나를 위해서는 적게 채우고 남을 위해서는 많이 베풀라 일렀거늘, 몇 해가 지나는 사이 너희 둘은 너무 달라졌구나."

임금님의 목소리는 무서울 정도로 가라앉아 있었어요.

"보아하니 너는 몇 년 동안에 평생 잘 잠을 다 자고, 평생 먹을 걸 다 먹었구나. 여미울 천사가 이곳에서 할 일은 더 이상 없겠구나. 다만 베풀어야 할 남은 선행은 하늘에서 베풀도록 하자. 다사랑은 앞으로 얼마가 될지 모르지만 남은 잠과 먹을 걸 다 채우면 돌아오너라."

말을 마친 임금님은 여미울 천사에게 준비해 온 날개를 붙여 주었어요.

여미울 천사는 하늘로 돌아가고 싶지 않았어요. 그제야 후회를 했지요. 임금님이 이처럼 불쑥 찾아올 줄 몰랐던 것이 어리석어서 눈물을 흘렸어요. 그러나 어쩔 수 없었지요.

아쉬운 눈물을 뿌리며 여미울 천사는 임금님을 따라서 실비 속으로 사라졌어요.